お隣りの脱走兵

斎藤 憐

而立書房

お隣りの脱走兵

――「となりに脱走兵がいた時代」（思想の科学社）より

■登場人物

檜山純一（52）　イラストレーター・大学教授
檜山伸枝（43）　その妻
檜山　弦（21）　その息子・大学生
清家（44）　テレビのプロデューサー。伸枝の大学の先輩
アキ（23）　娼婦。ジェリーの恋人
鴻池紘子（28）　純一の姪。小児精神科医
成瀬（33）　演出家
木谷（26）　大学院生
スチーブン・ハーマン（24）　脱走兵（アメリカ兵）
ジェリー・ホルコム（21）　脱走兵（アフリカ系アメリカ兵）
田宮さん（46）　隣りの電気屋

全幕を通して、東京新興住宅地の檜山家のダイニングルーム。

下手の暖簾の先は台所。その横に仏壇がはめ込まれている。奥の廊下の先は玄関と風呂。二階へ続く階段。

正面には父親の書斎のドア。上手にはソファセット。上手のガラス戸の窓から四季折々の花々が見える。

舞台正面中央には白黒テレビがあるのだが観客からは見えない。

第一幕

1　一九六八年七月

ガラス戸の窓の外には、真っ赤なカンナの花。蟬が鳴いている。
純一が一人で説教の稽古をしている。

純一　弦。そこに座りなさい。お前は大学、またさぼってるそうじゃないか。父さんには信じられないんだよ。十三の時に満州事変。十九で日支事変……。ともかく兵隊に取られて戻ってきたら日米開戦。日本に帰還したのは昭和二十三年、三十の歳だ。青春もなにもなかったよ。だから、お前には楽しい人生を過ごしてもらいたい。そう思って……。

そこへ、電話が鳴るので、「檜山です」と出る。
そこへ「暑ちい、暑ちい。上がって」と仲枝の声。

純一　ああ、ちょうど帰ってきました。おーい、小渕さんから電話。
仲枝　すみません。（電話に）代わりました。ああ、オブッちゃん。
純一　いやぁ、紘子さん。
紘子　（入ってきて）お久しぶりです。子供だましのアメリカ土産ですけど。
純一　おお！　我らが世代、あこがれのハーシーのチョコレート。

仲枝　（電話に）本当！「水俣の海」、企画通った。もちろん。やるわよ。……初版五千だって、いいじゃない。少しずつ、売っていけば。
純一　五年で、貫禄がついたね。
紘子　向こうは肉ばっかりでしょ。太っちゃって。弦ちゃん、もう大学生よね？
純一　まあ、カメラ買ってくれ。ステレオ買ってくれ。なんとかいうレコードが欲しいって次から次へと。
紘子　おじさま、昔っから弦ちゃんに甘かったから。
純一　子供には、なるたけ自由に、惨めな思いをさせたくないと……。
仲枝　じゃ、明日三時に伺いますって部長に。（電話を切って、奥に向かいながら）玄関に靴が二つあったから、お友達でも来てるのかな。
紘子　子離れできない親がアメリカにも増えてるんです。
純一　子離れ？
紘子　近頃は、親はあっても子は育つって言うんですって。
純一　ピッツバーク大学で児童心理学、修められたそうで。
紘子　ベンジャミン・スポックという小児科の教授に、児童精神学を教わりました。
純一　スポット先生。
仲枝の声　スポック博士の育児書って今、若いお母さんたちの間ですごい人気よ。アメリカ式育児法。
純一　私は日本式意気地なしだ。

その時、隣りの家から「ブルーライト・ヨコハマ」、聞こえてくる。

純一　（窓に駆け寄って）うるさーい。窓を閉めろ。人の迷惑が分からんのか！（窓を閉める）
紘子　スポック博士は、父親の日常行動が子供の人格形成のモデルになるっておっしゃってます。
純一　……。隣りが電気屋でね。耳が遠いのかテレビの音が大きくて。

ジェット機が上空を通り過ぎる。

純一　立川基地、飛び立った米軍機の通り道なんですよ。
紘子　（見送って）あれには、うるさいって抗議しないんですか。
純一　だから、日本式意気地なし。どっかの病院に勤めるのかい？
紘子　同級生が不登校児専門のクリニックやってましてね。
純一　不当な工事？
紘子　学校に行けない子供を不登校って言うんです。
純一　日本は中学まで、義務教育だろ。
紘子　いえ、経済的理由じゃなくて、学校が嫌いな子。
純一　あ、そんならうちの弦も、不登校だ。

紘子　いいえ、中学生で学校へ行けないんです。
純一　ええ！　中学行かなかったら高校に進めないだろ。
伸枝　（奥から着替えて出てきて）今は、小学生でもいるんですって。
紘子　そうなの。この二、三年、増えてるんです。ところが児童心理学、研究してる人まだ少ないから。
伸枝　いいなあ、弦が生まれた時、出版社やめちゃったでしょ。
紘子　でも、フリーで仕事されてるんでしょ。
伸枝　下請けは安くって……。一緒に入った人なんか、今や三百万取ってる。紘さん。（風呂場を指して）汗、流したら。
紘子　そうさせて頂こうかしら。（出ていく）
伸枝　（風呂場へ）タオル、そこに掛かってるの使って。
紘子の声　はーい。
純一　（小声で）アメリカで博士号はいいけど、あれじゃ、行かず後家になっちまうぞ。（と、台所に）
伸枝　人それぞれなんだから。
純一の声　なあ。弦ももう大学なんだから、君も会社に戻ったら。
伸枝　いったん、フリーになっちゃうと戻れないのよ。

　　伸枝は、仏壇に手を合わせた。
　　純一、コップと麦茶の入った瓶を持ってくる。

純一　おい、冷蔵庫、壊れてるんじゃないか。ぜんぜん冷えてないぞ。
仲枝　そうなの。電気屋さんに電話したんだけど。
純一　（飲んで）うわあ、生ぬるい。田宮の親爺、来ないの？
仲枝　今の時期、クーラーの取り付けで、大忙しですって。
純一　隣りが電気屋さんだから便利だわって、お隣りが一番後回しか。

純一、新聞を開く。
そこへ、ジャニス・ジョプリンの「ムーブ・オーバー」が聞こえてくる。

純一　（窓に駆け寄って）うるさーい。近所の迷惑も考えろ。
仲枝　お隣りじゃなく、（上を指して）弦ですよ。
純一　まったく。うちのデザイン科の学生でさえバリケード組んで、エンプラ闘争だ、三里塚だ、王子野戦病院反対だと騒いでいるのに。奴と来たら、やれモンキーズだ。ホンダの七半買ってくれ。
仲枝　ヘルメットかぶって、「大学解体」ってつるし上げられたらご満足？
純一　……。いい年して何考えてんだか。本当に俺の子かね。
仲枝　実はあんたの子じゃないの。
純一　ええ！

仲枝　（階段から上に向かって）弦ちゃーん、アイスクリーム買ってきたから降りてらっしゃい。

音が消える。

仲枝　男の子なんだから、父親のあなたから言ってください。
純一　分かってます。はい、「大切なのは親子の対話」です。

スチーブン、降りてきて、仲枝に会釈する。

仲枝　！（オズオズ頭を下げる）
純一　（食卓の上を片づけながら）君は、母さんにまた車を買えと言ったそうですね。経済学部というところは家庭の経済を教えないんですか。
スチーブン　（肩をすくめ手を広げる）

仲枝、吹き出すのを我慢。
そこへ弦が降りてくる。

純一　（見ることができずに）今日も、授業をエスケープしたのか。なんで学校に行かない。

弦　だって、バリケード封鎖だもん。
純一　君は、来年は卒業でしょうが……。（と、見て）ああ、こりゃ！
弦　こいつ、スチーブン。いい奴なんだ。
純一　（蚊の泣くような声で）どうも息子がお世話になってます。
スチーブン　コンニチワ。
弦　（指して）マイ、パパ、アンド、ママ。
スチーブン　ヨロシク。
伸枝　留学生でいらっしゃるの？
弦　渋谷の百軒店に「アリンコ」ってジャズ喫茶あってさ。そこで、意気投合しちゃって……。こいつの家、ミネソタだって。アメリカ、連れてってくれっかもしんねえだろ。
伸枝　何言ってるの。英語、赤点ばっかり。通信簿見て目眩がしたわ。
弦　四年の成績も加山雄三ですから。
純一　加山雄三の成績？
伸枝　可は山ほどあるのに、優は三つだけ。で、可山優三。
弦　俺に、合うと思うんだ、アメリカ。フロンティア・スピリット。今夜、俺の部屋に泊めてもいいだろ。
純一　なんで日本に来てらっしゃるんだ。
弦　知りたいんだったら、パパが聞けば。

純一　いや、私は英語が敵性語だった時代に……。
伸枝　ホワット、イズ　ユワー　オキュペーション？
スチーブン　Marine Corps escapee.
弦　あんたもエスケープしたの？
スチーブン　（必死に）I'm……（声を潜めて）I'm a deserter.
純一　あんた、ディザーター、私、デザイナー。
弦　英和辞典あったよな。（書斎に入る）
伸枝　ああ、アイスクリームね。（台所に去る）

残された純一「シットダウン、プリーズ」と気まずい。

スチーブン　（必死に）I deserted the Marine Corps.
純一　マリーンて……。ああ、（水上スキーの真似をして）マリーン・スポーツ。
スチーブン　No. The Marine Corps.
弦　（辞書を引きながら出てくる）ディザーター……。
スチーブン　Let me see.（と、英和辞典を引いて）Deserter.（指さす）
純一　（眼鏡をかけ）どれどれ。
スチーブン　Here it is.

伸枝の声　あなたも、紘ちゃんの後、汗流すでしょ。
純一　職業、家族などを捨てた人。
弦　お前、フーテンのタイガーさんかよ。
純一　それと脱走兵……。（スチーブンの顔を見る）ええ！
弦　脱走？　エスケイプ、フロム、USアーミー？
スチーブン　That's right. Please let me stay here.〔私をこの家に匿ってください〕
純一　母さん、脱走だよ。
伸枝の声　そうよ。草取りしてくださらないんだもの。
純一　雑草じゃなく脱走だ。米軍を脱走したんだ。
伸枝　（出てきて）脱走……。
弦　ユー、ベトナム、ウォー？　ファイト？
スチーブン　Yes. I fought in Vietnam.
伸枝　あれよ。新聞に出てたじゃない。イントレトッピの四人。
純一　ああ。バイカル号で横浜からスウェーデンに……。
スチーブン　That's right. A Japanese organization helped the Intrepid Four.〔そうです。イントレピッドの四人を日本の組織が逃がしました〕
伸枝　（純一に）どうするの？
純一　どうするって……。ユー……（言いかけて、椅子にガックリ座る）

伸枝　そうだ。（電話の横の電話帳を取る）セイケ、セイケ。
純一　（突然）どうして脱走兵なんか、引っ張り込んだんだ！
弦　だって、ソニー・ローリンズ、リクエストしたら、話しかけてきてさ。
純一　誰に電話するんだ。
伸枝　知り合いに、脱走兵匿う組織の人がいるの。（受話器を取る）
スチーブン　Are you calling the police?!（受話器の取り合い）
伸枝　キャー！
弦　（押しとどめて）パパ！
純一　ストップ、ストップ。あ、紘子！　紘子さーん。
スチーブン　You're trying to turn me in.〔俺を突き出す気だな〕
弦　ノー、ノー。テイク、ア、イージー。
紘子の声　どうしたのぉ？
伸枝　脱走兵なのよ。
紘子　（出て来て）脱走？　Are you from the US Forces?
スチーブン　Oh, you speak English?
伸枝　この人、米軍を脱走したんだって。だから私、その支援組織の人に連絡取ろうと……。
紘子　You're a deserter?〔あんた、脱走したの？〕
スチーブン　Yes. From the Marine Corps. I heard there's a group helping the deserters here in

Japan.〔はい。海兵隊から脱走しました。日本に脱走兵を援助する組織があるって〕

紘子 She's going to contact the support organization.

スチーブン Really. Great.

伸枝 ああ、清家さんでいらっしゃいますか？　清家さん。伸枝です。檜山伸枝。……先日はお役に立てなくてごめんなさい。いえね。それが私の家に来ちゃったのよ、本物が。……だから、兵隊さん。

純一がカーテンを閉めた。
紘子はスチーブンから話を聞いている。

伸枝 そう。どうしていいか分からなくて電話したの。……ありがとう。よかった、家にいらして。……徹夜明け……すみません。……そう。南口からまっすぐ、ガソリンスタンドまで百メーター。うん。息子、行かすから。（電話を切る）すぐ、来てくれるって。

純一 誰なんだ。

伸枝 大学の先輩で清家さんていう人。テレビ局に勤めてるんだけど……。

純一 テレビ屋か。

弦 ねえ、今晩一晩、俺の部屋に泊めてやってもいいよ。

純一 馬鹿。お前、軍隊を脱走するということがわかっているのか？　今、米軍のＭＰがこいつのことを血眼になって探し回っているんだぞ。

弦　（スチーブンの肩を叩いて）やるじゃん、お前も。

伸枝　今、ジャルパックって脱走兵を匿う組織の人が来るの。

弦　ジャルパック？

紘子　この人は、スチーブン・ハーマンてミネソタの出身で、海兵隊に入りました。休暇で座間キャンプに帰ってきて、またケサンの戦場に戻るのがいやで逃げてきたそうです。

伸枝　偉い！

弦　でもさあ、アメリカは領土的野心なんかなく、ただアジア諸国が次々に共産化しないための正義の戦争してるわけだろ。

紘子　But you are fighting in the cause of justice, aren't you? To stop communism in Asia?

スチーブン　Justice? Soldiers beating Vietnamese villagers to death and stealing gold crowns from their mouths? Torturing them by tearing out their nails and cutting their ears off? You call that justice?

紘子　殴り殺したベトナム人村民から金歯を抜き取る兵隊。生爪をはがしたり、耳を切り取る拷問が正義かって言っています。

伸枝　あんたもベトナム人を殺したの？

紘子　Did you kill the Vietnamese too?

純一　当たり前だろ、戦争なんだから。

スチーブンOne shot with a 105 millimeter gun would blow away a house this size, and the twenty people living there would…… (泣く)
紘子　一〇五ミリ砲一発で、この家一軒ぐらいは吹き飛んで、中に住んでいる二十人は……。
弦　吹っ飛ぶんだ。すげえ！
スチーブン　And then we put the female villagers in one place, and……
紘子　それから、村の女たちを集めて……
伸枝　やめて。やめて。
純一　三年前、フランス軍がディエン・ビエン・フーで負けた時、そのまま選挙をやればホー・チ・ミンが勝つからってアメリカが一方的に始めた戦争だよ。

その時、「遅くなりましたぁ」と声。

純一　おい、弦。この方を……。
弦　スチーブン、カモン。

と、二階に連れていこうとした刹那、「今日も暑いですなあ」と道具箱を持った田宮、ズカズカ。

田宮　アラ、今日はまたお賑やかで……。

伸枝　この人、主人の姪で長くアメリカに行ってて。
田宮　ほう、アメリカ留学。で、ハズバンドを連れて帰ってきた。
スチーブン　ソウ、ソウ。
紘子　（恥ずかしがったりして）はい。新婚旅行で日本に……。（と、スチーブンに寄り添う）
田宮　じゃハニー・ムーンてわけだ。やたら暑いのはこの家にクーラーがないせいじゃなく。ホホホ。
伸枝　冷蔵庫、お勝手だから……。
田宮　ハハ。勝手知ったる勝手口。（台所に消える）

田宮の「あなたの噛んだ、小指がいたい」との歌声。

伸枝　（小声で）どうする？
純一　普通にしてればいい。顔、見られちゃったわけだし……。
紘子　（離れて）ねえ、この人、野宿したせいか、すごい臭うのよ。
伸枝　お風呂入るかしら？
紘子　She says you can take a bath.
スチーブン　Thank you!
伸枝　どうぞどうぞ。
紘子　（指して）The bath room is this way.（風呂場に連れていく）

伸枝　（時計を見て）弦ちゃん。ガソリンスタンドまで清家さん迎えに行って。
弦　ええ、俺が？　会ったことないんだぜ。
伸枝　背が高いからすぐわかる。

弦、「へーい」と出ていく。

純一　その清家って人と、どういう知り合いだ。
伸枝　演劇部で演出やってた先輩。駅の反対側に住んでてね。
純一　なんでその清家って人が（小声で）脱走兵を援助してるって……。
伸枝　去年の暮れ、うちで預かれないかって電話が来たの。
純一　聞いてないな。
伸枝　だって……。あなたが預かるって言わないだろうし。
純一　そんなことわからんじゃないか。
伸枝　うちで預かろうか？
紘子　（出てきて）着替えないかしら。
伸枝　ああ、そうね。（二階へ）
紘子　脱走してから、トラックの荷台や公園で寝てたって。
純一　アメリカ人の乞食ねえ。

そこへ、田宮が出てくる。

純一　直ったかい？

田宮　ダメですね。ありゃ、買い換えないと。

純一　買い換えろだと。お前ら電気屋はいつからメーカーの手先になったんだ。直せばまだ使えるのに次々新製品を売りつけやがって。いい。他の電気屋に頼む。

田宮　他の店へ持って行っても、ありゃ直りませんぜ。

純一　どうして？

田宮　旦那さん。冷凍室ん中、いじりませんでした。

純一　氷作るとこが南極大陸になってたんで、アイス・ピックで氷、こそげ取ってね。

田宮　ダメですよ。穴開いてフロンガス、全部抜けちゃってる。

純一　じゃ、冷凍室、代えればいいじゃないか。

田宮　あれ、五年も前の機種だからパーツなんかどこにもないすよ。（カバンから出して）これ、カタログ。一時間でお届けします。

純一　新しい三種の神器を売りつけようてのか。

田宮　古いねえ。今や3Cの時代ですよ。

純一　サンシー？

田宮　カー、クーラー、カラーテレビ。
純一　ならば冷蔵庫なんかいらん。私の育った頃は……。
田宮　（見て）アラ、お宅、まだ白黒ですか。旦那は今はやりのグラフィック・デザイナーでいらっしゃるんでしょう。それで白黒じゃあ。「ＣＭは明日の暮らしの道しるべ」。
純一　帰れ、帰れ。
伸枝　（着替えを持って降りてくる）あなた、これ、持ってって。
純一　ああ。（着替えを受け取って浴室に）
田宮　カラーテレビ、百万台を突破してんだよ。まるで石器時代だね、この家は。（エノケンの真似して）「家のテレビにゃ色がない」。（出ていく）
紘子　五年ぶりに帰ったら、今浦島。羽田からモノレール。東京中、高速道路。
伸枝　アメリカへ発ったの東京オリンピックの前だっけ。
紘子　ケネディーが暗殺された年だから。新幹線、今度初めて乗った。
伸枝　子供の成長と同じで、毎日見てると変わっていることに気づかないのね。
純一　（出てきて）暢気だよ。歌なんか歌ってやがる。

そこへ、「ただいまぁ」と弦の声。
「はーい」と伸枝、出ていき「急に無理言ってすみません」。

伸枝　（清家と入ってきて）この人がチェーホフ。私がオリガ・クニッペルだったの。
純一　檜山です。
清家　ジャテックの清家と申します。
弦　（入ってきて）母さん、ジャルパックじゃなくジャテックでしょう。
伸枝　アラ、間違えちゃったかしら。
清家　正式には「反戦米脱走兵援助日本技術委員会」と言います。兵隊は？
伸枝　今、お風呂に入れてます。
清家　この家に入るところを誰かに見られてなかった？
弦　さあ、わかんねえな。
清家　お話はだいたい、息子さんから聞きました。（部屋の中を見回す）
純一　とんだことになりまして。（伸枝に）ビールでも。
紘子　あ、私やる。（と、台所に）
純一　で、あなたが引き取ってくださるんですか。
清家　それが……。例のイントレピッドの四人がモスクワでテレビ出演して以来、脱走兵が次々に来て、預かる場所が確保できないんです。
純一　じゃあ、どうするんです。
清家　今、方々に連絡していますが、むずかしいと思います。
純一　むずかしいって……。

清家　引取先が見つかるまで、こちらで預かっていただけないでしょうか。
純一　なんだって。すぐに、どこかへ連れてってくれたまえ。
清家　ともかく、今夜泊める場所がありません。場所を確保するまで、こちらに置いて頂けませんか。
純一　ここに？
弦　一晩ぐらいだったら、いいじゃん。
純一　いつ、見つかるんです？
清家　なかなか難しくて……。
純一　難しいんじゃ困るよ。
伸枝　あの子を戦場に帰すの？
純一　……。

そこへ、着替えたスチーブン、出てくる。

弦　ああ、俺のシャツ、着てる。ズボンも。
伸枝　大男でなくてよかったわ。

紘子が「おまちどうさま」と、ビールとグラスにチーズやソーセージをそえて持ってきた。

清家　ナイス、ツー、ミーチュ、ユー。マイ、ネーム、イズ、エナツ。（握手する）
スチーブン　Steven.
弦　江夏？
伸枝　まあ、ビールを。（と、注ぐ）
純一　（ビールを飲んで）なんだこりぁ、犬の小便か。
伸枝　あなたが冷蔵庫を壊したから。弦ちゃん。お風呂に入って来なさい。
弦　へーい。
清家　（鋭く）風呂。入っちゃいかん。（みんながびっくりするので）ベトナム帰りの多くは、悪い病気を持っています。お湯を替えて入ってください。
スチーブン　What's the matter?〔どうしたの〕
紘子　Never mind.〔なんでもないの〕
伸枝　（弦に）洗剤で、よく洗うのよ。
弦　うん。（出ていく）
清家　どうなさいます？
純一　どうなさいますって君ね、こっちが聞いているんだ。君の所属するジャテックてのは脱走兵支援組織なんだろう。だったらその組織のほうで。
清家　ジャテックには組織なんてありません。
純一　組織がない？

紘子　（その間に）In Japan, you wash yourself outside the tub first.〔日本のお風呂は外で洗って、石鹸を落としてから湯船に入るの〕

スチーブン　Oh, really?

清家　強いて言えば、あなたがジャテックです。

純一　（飛び上がった）ええ、私が？　入会してない私がどうしてジャテックなんだ？

弦　（風呂場から戻ってきて）ひでえよ。こいつ、風呂の中で体洗ったらしくて、湯船ん中、カルピス。

清家　ジャテックには、会員名簿も規約もありません。脱走兵と関わりを持った者がジャテックです。

純一　関わりを持った？　つまり馬鹿息子を持った私に責任を取れってことですか。

弦　そういう言い方ないだろう。

清家　（紘子に）一つ、彼に確かめたいことがある。脱走して、その後、どうしたいんだ。

紘子　What do you want to do after you desert?

スチーブン　アツギノミヤサンデ、ホステスニ、キキマシタ。The Japanese Constitution outlaws war.

紘子　日本にはぜったい戦争しないという憲法があるって。

スチーブン　That's what I want——I want to become a citizen of a country that never goes to war.

紘子　で、絶対に戦争をしない国の国民になろうって思いました。

純一　しかし、日本は亡命を認めない国なんだよ。

紘子　Japan does not grant asylum.
スチーブン　ナゼデスカ?
純一　なぜって……。
伸枝　やっぱり、バイカル号使ってスウェーデンへ?
清家　いや、イントレピッド以来、バイカル号はＣＩＡが見張っています。
伸枝　じゃぁ、どうやって日本から出すの。
清家　あなたは、知らないでいるほうがいい。
純一　そんなことより、今夜、どうするんです。
清家　この男をどうするか、それはあなたが決めることです。
純一　私が決めること?
清家　そうです。警察に通報して、米軍に引き渡すのも一つの選択肢です。
伸枝　米軍に。あなた!
純一　そんなことはせん。ただ、ぼくの家から出てってほしいだけだ。
弦　あのさ。親父はさ、フィリピンでコテンコテンにやっつけられたから、アメリカが嫌いなの。
紘子　His father used to……
純一　(叫ぶ) 変なこと言うな!

ブザーが鳴るので、スチーブンと純一、立ち上がる。

スチーブン　Who is it?! The police?〔誰だ！　警察か〕
清家　ジャテックズ、メンバー。メイ、ビー。

清家と仲枝、出ていく。

紘子　叔父様。
純一　（口調を真似て）今放り出したら、こいつは海兵隊に帰るしかないのよ。……だったら、君が預かりたまえ。
紘子　私の所は、母と二人ですから。

「どうぞ、どうぞ」と仲枝が木谷を連れてくる。

清家　こちら、木谷君。
純一　ええ、君は！
木谷　じゃないかと思ったんです。檜山さんて聞いて。
清家　お知り合い。
木谷　うちの大学のデザイン科の教授です。（スチーブンに）マイ、ネーム、イズ、ナガシマ。
純一　長嶋？　みんな、偽名を使っているの？

木谷　念のために。ジャテック・メンバーはセ・リーグ、米兵にはパ・リーグの選手を当てています。
清家　別所の所は？
木谷　鶴岡が入ってます。
清家　軽井沢の外古場先生は？
木谷　外古場先生、小説を執筆中で……。
清家　君がアテンドすれば。
木谷　僕のとこは名古屋から来た池永が居つづけですし……。村山は大学解体のほうが重要だと……。
紘子　All the members' houses already have a deserter.〔この組織のメンバーの家は脱走兵でふさがっている〕
スチーブン　Shit!
木谷　バット、ユー、アー、ラッキーボーイ。
スチーブン　Why am I lucky?
木谷　（純一を指して）プロフェッサー・ヒヤマ。ベリー、リベラル。ヒューマニスト。
純一　……。
清家　来る途中で見てきましたが、近くに警察署もない。
純一　今はちょっと無理ですね。妻も働いてるし。
清家　共働きのお宅には木谷君のようなボランティアが昼間詰めてます。
木谷　先生が、追い出せば、こいつはベトナム人を殺しに戦場に戻っちまいます。

純一　君は、脅してるのかね。
伸枝　弦はどうなの。
弦　だから、二、三日ならいいって……。
紘子　二、三日じゃ駄目なのよ。
弦　参ったな。
伸枝　あんた、アメリカに行きたい、アメリカ人になりたいって始終、言ってるじゃない。
弦　アメリカは好きだけどさあ。
清家　先月、ベトナムの戦場から日本の青年が脱走したよ。
弦　日本人の兵隊？
清家　ああ、アメリカ大好き少年がね、ロサンジェルスの親戚を頼って行ってね。ビザ延長のために住所登録したら、選抜徴兵制度に引っかかってベトナムの戦場だ。
木谷　アラバマ州知事は来年の大統領選に向けて「もし自衛隊がわれわれに加わっていたなら、ベトナム戦争はとっくに終わっていたはずだ」と言ってるよ。今から、こいつとケサンに行くかい？
弦　勘弁してよ。
清家　ここが無理なら、彼を置いてくれる家、心当たりありませんか？
純一　うーん……。
伸枝　（清家に）あの……脱走兵を匿った日本人はどういうことに……。
木谷　ああ。在日米軍は、安保条約に付帯する行政協定で入国しています。ですから、日本の法律の埒外にあります。米兵を匿ったって、なんの罪にもなりません。

スチーブン （時計を見て）My leave's over. My leave's over. I was supposed to board the transport plane at three and be back in Khe Sanh by tomorrow morning.

紘子 今、休暇が切れた。夜中の三時には輸送機に乗って、明日の朝にはケサンに着いているはずだ。

スチーブン From now on, I'm a deserter. Court-martial is waiting for me.

紘子 今からは脱走兵として軍法会議にかけられる。

純一 徴兵逃れをする奴もいるそうじゃないか。

紘子 There're ways to dodge the draft, aren't there?

スチーブン The only ones who know about the loopholes like going to Canada are the college types.

紘子 残念ながら、そんな抜け道があるのを知ってるのは大学教育受けたインテリゲンチャだけです。

弦 ええ！ ユー、トゥエンティー、フォーだろ。大学行ってないの。

紘子 アメリカじゃね、男でさえ義務教育だけが三十パーセント。高卒が三十パーセント。大学へ行けるのは二十パーセントのお金持ちの子だけ。

弦 アメリカにも貧乏人がいるんだぁ。

伸枝 この首の傷はどうしたの？

スチーブン Oh, this, it was the leeches.

紘子 ヒルに血を吸われたそうです。

純一　ベトナムにもヒルがいるのか？　……いつまでも降り続く雨ん中、泥水に浸かったまま夜を過ごしたもんだ。思い出しても、ぞっとする。

伸枝　ミンダナオにもヒル、いたの。

紘子　He's spent nights in the muddy water during the rain.

スチーブン　You've fought in World War II?〔あなたも戦争に行きましたか？〕

純一　ああ、それから毒を持ったアリに刺されると……。

紘子　He's saying the ants……

スチーブン　Oh, the red ants.

純一　わかりました。清家さんのほうで手配ができるまで我が家で預かりましょう。

木谷　ありがとうございます。

紘子　He says you can stay here.

スチーブン　Yeah!（純一に）Thank you very much.

清家　なにか困ったことがあったら、ここに電話してください。

伸枝　でも、私の作るもの、お口に合うかしら。

木谷　ああ、そんなこと考えちゃ駄目です。お客様じゃないんだから。普段食べてらっしゃるものを食べさせてください。

伸枝　トイレ、洋式に変えなくてもいいのね。

清家　もちろんです。

純一　木谷君。このことは大学では……

木谷　先生こそ、黙っててくださいよ。

ジェット機が上空を通り過ぎ、人々の声をかき消す。
スチーブンと同時通訳する紘子を残して暗くなる。

スチーブン　The day before I deserted, I took out all the salary I could claim. Then, I went to a bar and I started drinking hard. Then I realized, every grunt in the place had a place to sleep that night except me. I managed the night buying a girl. Once I slept at the back of a hooded truck. When I woke the next morning, I found someone had put an old overcoat on me. That could never happen in the States. I wished I'd been born in such a country with so many kind people.

紘子　脱走する前の日、ぼくは引き出せる給料をすべて手にした。……基地を出ると休暇中の兵隊で賑わう酒場に行き、派手に飲み始めた。だがそこでほかの奴らとちがって僕には今夜帰る寝床がないことに気づいた。僕は女を買うことにしてその夜はなんとか凌いだ。ある時は、幌付きのトラックに寝たよ。翌朝、起きてみたら誰かが、古いオーバーを掛けていてくれてた。こんなこと、アメリカじゃあり得ない。僕はこんな親切な人がいっぱいいる国に生まれなかったことを残念に思いました。

2　一九六八年十月

窓からサルビアの花が見え、渡り鳥の鳴き声。
壁にチェックの毛のコートが掛かっている。
純一と伸枝が食事をしている。
田宮が、カラーテレビを据え付けたが、舞台鼻に置いたらしく我々には見えない。

田宮　（手をはたいて）これで、よしと。オリンピックの開幕前にカラーに買い換えなさいって言ってたのに。マラソンの君原の追い上げ、すごかったぁ。
純一　白黒だって見えましたよ。
伸枝　チャスラフスカの平行棒。
田宮　釜本のシュート三本。
伸枝　これ、色きれいなの？
田宮　今年のヒット商品、ハウスのボン・カレーとパンティー・ストッキング。（指して）日立のキドカラー。
伸枝　もう、見られるの？
田宮　アンテナ替えるんで、ちょっくら店帰って、梯子を取ってきます。

田宮は「真っ赤な太陽」を歌いながら去っていく。

純一　お茶。

伸枝　あら、もう召し上がらないの？

純一　豚カツだ、ハンバーグだ、カレーライスだって、油っぽくて……。

伸枝　でも、食べないと。

純一　止めてくれるなおっ母さん。（腹を押さえて）お腹の銀杏が泣いている。

伸枝　仕方ないじゃない。アメリカ人預かってるんだから。

純一　納豆駄目。豆腐もみそ汁も駄目。サンマやアジの小魚だめ。ゴボウもレンコンも駄目。

伸枝　海苔を出せば、海草は魚が食べるものです。

純一　あいつはベトナムで捕虜になっても、ハンバーガーを要求するのかね。

伸枝　米軍の捕虜にならなくてよかったわね。（電話が鳴るので立つ）

純一　俺はフィリピンでタロ芋でもなんでも食ったさ。

伸枝　ああ、小渕ちゃん。あの「水俣の海」の企画ね。残念だけど、私できそうもない。……ちょっと事情ができて、家を空けられないの。……いえ、やりたいのよ。あなたがせっかくチャンス作ってくださったんだもの。……いえいえ、病人が出たわけじゃないの。宿六さまはピンピンしてる。……すみません。（電話を切る）

純一　清家さんがスチーブン、預かる人を連れてくるんだろう。

仲枝　預かってくれるの、一週間だけですもの。
純一　お前にばかり負担をかけるな。（と、肩に手をやる）
仲枝　（純一の手に自分の手を重ねて）いい子なんだけど、やっぱり他人が家にいると……

そこへ、二階からスチーブンが降りてくるので、二人、あわてて離れる。

スチーブン　オカーサン、ジュースない。
純一　のどが渇いたら水を飲め。
スチーブン　ナマミズ、ノムト、オナカイタイイタイ。
純一　ここはベトナムじゃない。日本の水は美味しいんだ。（ジャンパーを着る）
スチーブン　オデカケデスカ？
純一　まあ、ちょっと煙草を買いにね。（出ていく）
スチーブン　（地図を見せて）オカアサン、ナガサキ、ドコデスカ？
仲枝　（のぞき込んで）ええと、エンタープライズの来た佐世保がここでしょ。その下が長崎。
スチーブン　ココニ、States ハ、ATOMIC BOMB オトシマシタカ？
仲枝　そう。カソリックのチャペルの真上にね。長崎はね、「マダム・バタフライ」の舞台でもあるのよ。（台所へ）
スチーブン　マダム・バタフライ、ナンデスカ。

伸枝の声　オペラよ。
スチーブン　オッペラナンカ、ミタコトナイヨ。
伸枝の声　アメリカの兵隊さんと長崎の芸者ガールとの恋物語。
スチーブン　アア、オトコ、アッチコッチスルオンナ、バタフライ。
伸枝　（コップを持って戻ってくる）ノーノー。マダム・バタフライはオネスト・ガールよ。
スチーブン　オカアサンミタイニ？
伸枝　（笑って）またぁ。七、八、九、十。四か月。あんた、語学の天才。（仏壇に水を置く）
スチーブン　ゲンチャン、タクサン、オシエテクレマシタ。「アンタ、ボインダナ。ボク、シビレチャッタヨ」。
伸枝　変なガイジンて言われるよ。（仏壇を拝む）
スチーブン　（見て）ニホンノ、カミサマ、ココニイマスカ。
伸枝　うん。パパ、グランドファザー、グランドマザー。エルダーブラザー……。（チーン）日本では、死んだ人が神様になるの。（首筋を見て）あら、あんた、ここ切れてる。（立ち上がる）
スチーブン　ブキッチョダカラ、ヒゲソルトキキッタ。
伸枝　（メンソレをスチーブンの首に塗る）

弦、降りてくる。

弦　ねえ、今日、渋谷で映画観るんだけど……。
伸枝　（無視して）スチーブンと遊んでやってよ。（編み出す）
弦　もう、トランプ、飽きたよ、もう。
スチーブン　エイガ、ナニミマスカ？
弦　「俺たちに明日はない」
スチーブン　Bonnie and Clyde! ボクモ、イキタイ。
弦　お前は、お留守番。ねえ。（手を出す）
伸枝　こないだお小遣いあげたばっかりでしょう。
弦　（コートを取って）こいつにコート、買ってやる金はあるのに。
伸枝　この人は来月にはモスクワ経由でスウェーデンに行くのよ。Tシャツ一枚で行けると思う。
弦　居候の癖して、俺のベッドに寝てやがるんだぜ。
伸枝　あんたが、俺は床の上に布団敷くからって言ったんでしょう。（取り返して）保育園のバザーで五百円で買ったのよ。
弦　（見つけて）あ、俺がいくらカラーにしようって言っても買わなかった癖に。二千円でいいや。
伸枝　母さん、表に出られないから、仕事、断ってるでしょ。
弦　ちぇっ！　ならいいよ。親父に頼むから。
伸枝　お父さんと約束したの。もう簡単にお小遣いあげないって。
弦　こいつには金使うくせに。期待される人間像には、セーターも編んでやんのか。（と、毛糸玉を持

って引っ張る）

仲枝　弦ちゃん。だめよ、だめ。

弦　（編んだ部分がほどける）だめよだめだめ、辛いのと、泣いてすがった、年上の女《ひと》。

仲枝　弦ちゃん、やめて！（と、毛糸を取ろうとする）

スチーブン　（弦の手を取って）オカアサンニ、ナニシマス。

弦　（顔を指して）ヤンキー・ゴー・ホーム！

スチーブン　Say What!〔なんだと！〕

弦　いい気になりやがって。（起きあがって）てめえのことを、ポリスにバラしてやる。

スチーブン　What the fuck!（ひっぱたく）

弦　いてえ。（と、倒れる）

仲枝　スチーブン！

スチーブン　……Sorry.

弦　戦友がベトナムで戦ってるのに、自分だけ逃げた卑怯者がここにいます。（玄関に出て行こうとする）

スチーブン　（押しとどめて）ヤメロ、ヤメロ。

仲枝　弦ちゃん。

弦　うるせえ。脱走兵が俺んちに隠れてますって言ってやる。（と、表に駆け出す）

仲枝　待ちなさい。

と、後を追おうとして、入ってきた純一とぶつかる。

隣りから、「世界の国からこんにちは」、聞こえてくる。

純一　どうしたんだ。
伸枝　弦ちゃん、待って。（出ていく）
スチーブン　ボク、ゲンチャン（殴る真似をして）I hit him.
純一　お前、うちの息子を殴ったのか！
スチーブン　（泣きそうになって）ゲンチャン、ポリス、イキマス。
純一　（窓の外へ）世界の国から来てなんか欲しくないの！　誰だ。
田宮　（顔を出して）テレビね、アンテナつけるんで屋根に上がります。
純一　庭に入るんなら、声ぐらいかけろ。（庭に下りる）
田宮の声　奥さんに言ってありますよ。
純一　おい、瓦を壊すんじゃないぞ。（と、消える）

スチーブン、そっと電話の受話器を取ろうとすると、玄関から「上がってちょうだい」という伸枝の声がするのであわてて純一の書斎に入る。

純一、「弦はどうした」と庭から入ってくる。

伸枝と紘子が入ってくる。

伸枝　けっきょく、二千円、持ってかれたわ。
純一　お前だって弦に甘いじゃないか。
紘子　親に反抗するってのは、まだ大人になっていない証拠です。
伸枝　一昨日の夜、いきなり私の布団に入ってきたの。
純一　小さいときから、魚が食べたくないと言えば焼き肉にする。ステレオが欲しいと言えば買ってやる。わかっています。でも、僕らの年代は育ち盛りになんにもなかった。……サツマイモの入った飯で軍事教練。軍歌が流れる町を女の子と歩こうものなら「おい、こら」。あんな味気ない青春時代を自分の子にだけはって、つい……。
紘子　スポック博士は現代の父親は仕事仕事で、かまってやれない引け目を、物とお金で埋め合わせしている。それがアメリカ社会の物質主義を助長させてるとおっしゃっています。
純一　自分の息子さえちゃんと育てられないで、他人さまの子供を預かる馬鹿もいます。
伸枝　いい子なんだけど、やっぱり他人が家にいると……。
紘子　今日から、誰かが預かってくれるんでしょう。
純一　おい、荷物、全部持っていかせろ。
伸枝　全部？　一週間で帰ってくるのよ。
純一　帰ってこなくていい。
伸枝　ええ！　スチーブンのためにカラーテレビ、買ったのよ。私、家でもやれる校正の仕事、始めたし……。

純一　一週間でも解放されたいって言い出したのはお前のほうだぞ。

伸枝　でも、ここ追い出したら……。

田宮の声　旦那さん、スイッチ入れてみて。

純一　おう。

伸枝　ああ、アンテナついた。

純一、スイッチ（無対象で）を入れる。洗濯機の「銀河」、掃除機の「風神」などの「新発売」の連呼。

田宮の声　動かしますから、どっちがいいか見てください。

純一　（窓の所へ行って）もう一度やってみてくれ。

田宮の声　はいいよ。

伸枝　（画面を見ながら）前のほうがいいわ。

田宮の声　これかな。

純一　ああ、いいね。

チャンネルを変えると、水前寺清子の「三百六十五歩のマーチ」。また変えると「国際反戦デーの十月二十一日、政府は、新宿駅を占拠した学生に初の騒乱罪適用を決定しました」。

田宮の声　どうです。
伸枝　やっぱり色がついてると本物みたいね。

チャンネルを回すと「パンパカパーン」、青島・ノックの「お昼のワイド・ショー」。そこへ、ブザー。
純一が出て、伸枝はテレビを消した。清家と成瀬が純一とともに。

清家　いやぁ、何にもできなくてすみませんでした。こちら、成瀬さん。お芝居の演出をなさっています。
成瀬　堀内って呼んでください。（見回して）僕んとこにくらべたら、ここは天国だ。
純一　あなたが引き取ってくれるの？
成瀬　まあ……。
純一　そうしていただければ助かります。両方にストレス、溜まっちゃって。
成瀬　僕んところ、お奨めはできませんがね。
清家　キッチン、ついてないから木賃宿。
成瀬　先週も一人、預かりましたがね。まあ、檻に入れられたゴリラ。カーテンの陰からビルの谷間を行き過ぎる山手線見て、一日過ごすっきゃない。一週間が限度です。
純一　それが、一週間じゃ困るんだよ。

清家　ええ？　一週間でもいいって……。
純一　奴、ついに暴力をふるいましてね。
清家　ええ！　スチーブンが暴れたんですか。
純一　うちの息子に手を出したんです。
伸枝　いえ、ちょっと、じゃれ合ったようなもので。
純一　息子とまた騒ぎでも起こして警察沙汰になったりしたら、責任がとれませんから……。
清家　そうですか。
純一　引き受け先が決まるまでって約束がズルズルもう四か月だ。
伸枝　でも、あともう少しなんでしょう。
清家　明日、ジョンソンとメイヤーズを出国させます。ですから、一か月後には……。
伸枝　（純一に）あと、一月なら……。
成瀬　匿っている我々は罪にはなりません。しかし、米兵は軍事裁判です。
伸枝　銃殺になるの？
清家　まさか。帝国陸軍じゃありません。逃げていた期間にもよりますが。
成瀬　ベトナムには行きたくないと兵役を拒否したムハメッド・アリはヘビー級の世界タイトルを剝奪されて、罰金一万ドルと禁固五年。
伸枝　五年！　呼んできます。（二階に向かいかける）

その時、スチーブン、書斎からオズオズ出てくる。

純一　おい、俺の書斎で何をしてた。
スチーブン　イエ、ボクハ……。
純一　話を盗み聞きしてたのか！
スチーブン　ボク、ヌスミシナイ。
清家　君、乱暴したの？
紘子　Did you get violent?
スチーブン　Yes. I'm sorry. But the thing is……ボクハ、ママガ……。
伸枝　スチーブンは悪くないわ。
清家　誰だ！

田宮さんが窓から顔を出していた。

田宮　終わりましたんで。
伸枝　ご苦労様。
田宮　（スチーブンを見て）おや、まだハネー・ムーンですか？
紘子　新婚ダヨーン。

田宮　シビレタぁ。梯子、後で取りにきますから。

田宮、「困っちゃうなデートに誘われて」と歌いながら去る。

清家　今日から（成瀬を指して）この堀内君のアパートに移ってもらう。
紘子　You're moving to Mr. Horiuchi's apartment today.
スチーブン　キイテイマス。ホリウチサン。（頭を下げる）
成瀬　マイ、ルーム、イズ、ラビット・ハウス。
スチーブン　ヨロシク。
成瀬　じゃあ、荷物をまとめて。
スチーブン　はい。
純一　スチーブン、僕を恨まないで欲しい。
紘子　He's saying, please don't take it personal.
スチーブン　No, I won't. I'm thankful.
紘子　恨んだりしません。感謝しています。
スチーブン　アメリカニハ外国人、ステイ、サセテクレル家ナンカ、ナイモノ。
伸枝　（電話に）もしもし、寿さん。ガソリンスタンド入ったところの檜山ですが。上寿司を、一、二、三……五つ。大至急。（電話を切って、横に置いてあった封筒を見て開ける）

ブザーで純一が出ていき、スチーブンは立ち上がる。

純一の声　何だ、君か。
木谷　（入ってきて清家に）お宅に電話したらこちらだと言うもので……。
清家　こっちへ電話してくれればいいじゃないか。
木谷　（声を潜めて）根室へ向かう弟子屈で稲尾、いやもう偽名を使うこともない。ジョンソンが消えて、その後、メイヤーズが北海道警に連行されました。
清家　道警が米軍に引き渡したか。
成瀬　チクショウ。ジョンソンはやっぱりスパイだったんだ！（清家に）言ったでしょう。あいつは変だって。
木谷　メイヤーズは最後に「ウィ・シャル・オーバー・カム」を大声で歌っていたそうです。
成瀬　今ごろジョンソンの奴、ＣＩＡからたんまりもらっていますよ。
木谷　ともかく、ジョンソンを預かった人と場所は、ＣＩＡに漏れているということです。
スチーブン　CIA?
紘子　Now they heve all the names and locations.
木谷　電話じゃ危ないと思って……。
清家　そうか……。

成瀬　ってことは、俺のアパートも汚染されてるってことだ。
スチーブン　ワタシ、スウェーデン、イケマセンカ？
成瀬　根室以外のルートを見つけるまではね。
木谷　北海道の漁船はまず駄目だろうな。
スチーブン　ソリャ、マイッタナ。
成瀬　（突然）おい、スウェーデン行くのになんで日本語覚えるんだ？
スチーブン　ボク、イツカ、ニホンニキマス。ダカラ、ニホンゴ、オボエマス。
伸枝　ええ！
純一　どうした？
伸枝　（電話局の封筒を示して）あんた、国際電話、六千円よ。
純一　国際電話！
スチーブン　……。
成瀬　（スチーブンの胸ぐらをつかんで）どこへ連絡を取った？
スチーブン　ミネソタノ、ママノトコロ、デンワシマシタ。ワタシ、ネムロカラ、フネニノッタラ、ママニ、フォーレバー、アエナイヨ。
伸枝　そうよね。あなたは祖国も家族も捨てるんですもの。
スチーブン　スミマセンデシタ。
清家　スチーブン。悪いがちょっと席を外してくれ。

スチーブン　セキヲハズス？
紘子　Go upstairs.
仲枝　スチーブン。これ。（とコートを渡す）
スチーブン　ワカリマシタ。（二階に上がっていく）

沈黙。

仲枝　スパイ扱いなんかひどいわよ。
成瀬　あいつは私らに隠れて国際電話を掛けた。
純一　だから、ミネソタのお母さんに電話したんでしょう。
木谷　この二月、脱走兵の一人が家の人の目を盗んでアメリカの母親に電話しました。祖国に忠実な母親は息子の脱走をＦＢＩに通報し、ジャテックのいくつかの拠点とメンバーが汚染されたのです。僕のところも危なくなったので今、西本を連れて来てるんです。
清家　ええ、ジェリー、一人で車にいるのかい？
木谷　例の座間のアキちゃんが付いています。
成瀬　ジェリーをどこに持ってくか。
清家　成瀬君のところも危ないとすると……。

そこへ、玄関でバタン。
みんな、緊張する。

弦　（入ってきて）あらら、みなさんお揃いで。
伸枝　弦！　スチーブン、スウェーデンに行けなくなっちゃったのよ。
弦　ええ！　てことは、あいつ、俺の部屋にずっといるわけ？
純一　ジャテック本部としてはどういう方針なんですか？
清家　ジャテックには本部なんてありません。そこに居合わせた人間、つまり、ここにいるみんなで決めたことがジャテックの方針です。

そこへ、ブザーの音で、伸枝が出ていく。

成瀬　（低い声で）もう、ＣＩＡは日本の警察に連絡済みだと思いますよ。
伸枝の声　ああ、寿さん。ご苦労様。
紘子　ああ、心臓に悪い。（と、出ていく）
伸枝　（二階に向かって）スチーブン。大好物のにぎり寿司よ。
成瀬　寿司！　うあ、何年食ってないかな。来る日も来る日もチキンラーメンです。

紘子と伸枝、寿司を運んでくる。

弦　わあ、帰ってきてよかった。
伸枝　あんたの分はないわよ。
弦　ええ、そりゃないよ。
純一　これ、食べなさい。私はお茶漬けでいいから。
紘子　ほら、過保護。
純一　（魔法瓶と急須を持ってきて）紘ちゃん、お茶入れて。木谷君のがないじゃないか。
清家　まあ、みんなで食べましょうや。
木谷　一つ、車に持っていっていいですか。ゲルピンでジェリーもアキも朝から何も食べてないんです。
伸枝　（二つ渡して）こっちはあり合わせもあるから。
成瀬　（食べて）いやあ、ほっぺたが落ちる。

木谷、寿司を持って出ていく。
弦がテレビのスイッチを入れる。
森進一の「花と蝶」。

紘子　はい。おしょうゆはここです。（注いでまわる）
成瀬　うわあ、ここんちカラーかよ。
伸枝　表に出られないスチーブンには、テレビしかないから。（仏壇へ寿司をあげる）
純一　降りてこないじゃないか。弦、呼んでこい。
弦　へーい。（二階に上がっていく）
伸枝　あんた、謝んなさいよ。
弦　わかってるって。
純一　テレビ、消してくれ。
紘子　はーい。
成瀬　ちょっと待って。テロップ！
紘子　（見て）ええ、ハンフリー、負けたの……。
清家　まいったなあ、ニクソンかよ。
成瀬　ロバート・ケネディが殺された時、民主党の負けは決まってた。
清家　（読んで）ジョンソンの北爆の一時停止と和平会談は継承するって。
弦　（降りてきて）ねえ、スチーブン、いないよ。

「ええ！」と、伸枝、純一、二階に上がっていく。

成瀬　だから怪しいって言ったろう。
清家　表を見てきてくれ。
成瀬　はい。（出ていく）
清家　まいったなあ。
純一　（降りてきて）電気屋の置いてった梯子で逃げたらしい。荷物も何もない。
伸枝　（手紙を持って降りてくる）置き手紙、あった。（紘子に渡す）
紘子　（訳す）檜山家のみなさまへ。これ以上、お世話になれないと思います。四か月間、僕は、ベトナムの戦場はもちろん、アメリカに住んでいた時より幸せでした。また、生きてお会いできる日があることを神に祈り、特に僕と同年輩の弦ちゃんに、素敵な未来が来ることを願いながら、旅に出ます。みなさまに神のご加護がありますように。
伸枝　寿司も食べずに、あの子、今どこ歩いてるんだろう。

弦、玄関に駆け出す。

純一　弦、どこへ行く。
弦　連れ戻して来る。
成瀬　もう、無理だよ。
弦　今夜からスチーブン、野宿するの？

仲枝　多分ね。（テレビを消す）
弦　母さん、ごめん。僕が悪かった。
純一　捕まれば、明日にでも戦場に行かされるんだぞ！
弦　（すすり泣いて）あいつ、夜中に突然、叫び出すんだ。ナット、ギルティー、罪を犯してないって。
（と、編みかけのセーターを手に取る）
仲枝　二十歳そこその子がベトナムの泥沼の中で戦ってるなんて想像できないわ。

隣りから「星影のワルツ」聞こえてくる。

純一　清家さん。そのジェリーって兵隊は、どんな経歴ですか。
清家　先週来たばかりなのでよくは知りません。ベトナムの経験が長く、戦場で負傷しています。
仲枝　そう。
成瀬　沖縄の嘉手納基地から東富士の演習部隊に潜り込んで、沼津の今沢海岸に上陸して、座間の知り合いの女のアパートまで歩いてきたそうです。
仲枝　沼津から座間まで歩いてきたの。
成瀬　女のアパートで、オリンピックの中継を見て、ほら、陸上でアメリカ国旗が揚がったでしょ。
清家　ああ、二人の黒人が拳を振り上げてアメリカ国旗に抗議したあれね。
成瀬　（拳を上げて）「白人はわれわれを人間として扱わない。まるで競走馬だ」。

純一　そのジェリーとかいう脱走兵、しばらくうちで預かりましょう。
清家　ええ！　そうしてくださいますか。ありがたい。木谷君へ。
成瀬　はい。（出ていく）
純一　弦、いいな。
弦　パパが決めたのなら。
純一　ジャテックはな、指導者がいないんだ。ここにいる奴、全員で決める。
伸枝　また喧嘩しちゃあいやよ。（台所に行く）
弦　わかってるって。
純一　紘ちゃん。これからもちょくちょくお願いできないだろうか？
紘子　通訳ですか。
清家　匿っている米兵とのトラブルは、言葉が通じないことから起こっているんです。
紘子　はい。でも私は小児精神科の仕事がありまして……
清家　成瀬君も来週初日を開ける舞台を持ってるんです。でもベトナムの問題は……。
紘子　清家さん。たしかにベトナム戦争は大きな問題です。でも、子供たちの凶暴犯罪、登校拒否はアメリカに十年遅れて日本でも始まっています。他人が痛むことを想像できない子供たちが、犯罪を生み、ベトナムで女子供を皆殺しにできるように育ってしまうのです。
清家　あなたが教えを受けたスポック博士、ベトナム戦争反対運動の首謀者として逮捕されましたよ。
紘子　ドクター、スポックが？

清家　五月に開かれた裁判で博士はこう言っています。「私のような小児科医は、丈夫で幸福な子を育て、それをなんの大義もない戦争で殺してしまうのを許すことができない」って。

玄関を開ける音がする。

木谷の声　（入ってくる）連れてきましたぁ。カムイン。大丈夫だって。

成瀬と木谷と一緒に入ってきたジェリー・ホルコムを見て純一、息をのむ。アフリカ系アメリカ人で、なにしろでかい。続いて「こんちは」と、ミニスカートのアキ。

紘子　（手をさしのべ）Hi, nice to meet you. My name's Hiroko. Let me introduce the Hiyama's. This is Jun-ichi-san, the head of the house.〔ようこそ。ここの家族を紹介するわね。ご主人の純一さん〕

ジェリー　ジュンイチサン。

伸枝　（お茶を入れて出てきてびっくり）ユー、アー、ウェルカム。

清家　脱走した経緯を聞いていいかな。

紘子　How did you become a deserter?

アキ　（ジェリーにかまわず）ジェリーはさあ、五日間のR&Rのたびに、座間のあたいの部屋に来てたわけさ。
純一　アール、アンド、アール？
清家　保養休暇です。
アキ　肌が合うのか、ステディーになっちまって、あたいの部屋に居続け。桜が咲いてたから四月かな。隣りの部屋に声が聞こえないようにテレビをつけてやってたら、ジェリーがぱったり動かなくなったの。腹上死かと思ったら、テレビじっと見てんのさ。真面目にやれって言ったら、牧師さんの王様が殺されたって……。
成瀬　牧師の王様。
木谷　牧師の王様じゃなくて、キング牧師だろ。
アキ　そのキングの葬式のニュース見てて、もう海兵隊には戻らないって言い出して。……それから、あたいの部屋を一歩も出ないでジンばかり飲んでんのさ。アパートの前、ジンの空き瓶の山さ。
木谷　それでオリンピックの黒人選手見て、ジャテックに連絡してきたわけだ。
アキ　助平な新聞記者がいてさ。基地の女って取材で座間にやって来てその夜、あたいんとこに泊まったのさ。そいで電話したら、ジャテックの電話教えてくれてね。
木谷　電話受けたのが一昨日なんです。
アキ　ねえ、あたいも一緒にスウェーデンに行きたい。
清家　それは無理だ。

アキ　だってスウェーデンの女ってスケベでボインだから、この人、あたいのこと忘れちゃうに決まってる。

弦　アメリカ兵はスウェーデン娘に人気あるから、住宅問題は解決されてるってよ。

アキ　やだぁ。

清家　ジェリー、トラブルが起こって、我々が新しいルートを作るまで、君は日本を脱出することはできない。

紘子　We have a trouble and you cannot get out of Japan until we establish a new channel.

清家　家に戻って今後のことを話し合う。お世話になる檜山家の方々にご迷惑のかからないように頼みますよ。

紘子　Try not to give the Hiyama's any trouble.

ジェリー　（正座して）ヨロシクオネガイシマス。

清家　さあ、行こうか。

アキ　あたいはここに残る。

成瀬　駄目だ。

清家　ジェリーを連れて座間のアパートに帰るかい。

アキ　……。（伸枝に）ジェリーをよろしく。お豆、煮たの好きだから。

伸枝　たしかにお預かりしました。

弦　ねえ、今夜からこいつ、俺の部屋に寝るのかよ。

伸枝　弦のベッドじゃ足が出るわね。
純一　私の書斎に寝かすか。
木谷　電話は鍵のかかる箱に入れたほうがいいですね。
成瀬　さあ、行くぞ。（四人、出ていく）
清家の声　できるかぎりのバックアップはいたしますから。
アキの声　ねえ、今夜あんたんところに泊めてくんない。
木谷の声　勘弁してください。

弦がテレビをつける。
流れてくるアメリカ国歌。

アキの声　座間、遠いんだもん。
木谷の声　座間ぁカンカン、厚木の先だ。
ジェリー　（入ってきて）Turn it off! Turn it off!〔消せ！　消せ！〕
弦　お前んとこの国歌だろうが……。
ジェリー　I say, turn it off!〔消せ！　消せ！〕

戻ってきて、叫ぶジェリーを呆然と見ている純一と伸枝。

飛行機の離陸する音がして、ジェリーを残して暗くなった。

ジェリーが話し始め、紘子が同時通訳した。

ジェリー　In 1966, I was serving as a standard bearer for the national defense military drill at Lester High in Memphis. I was full of patriotic fighting spirit.

紘子　一九六六年、メンフィスのレスター高校で僕は愛国的闘志で国防軍事教練隊の旗手をつとめていた。

ジェリー　The recruiters showed me pictures of Marines clad in blue uniform holding girls in both arms in different places all around the world. They told me if I served in the Marine for three years, they'll help me get a mortgage to buy a house. I couldn't believe it. Me, owning a house? Once in boot camp, they make us shout a hundred times a day.

紘子　海兵隊の募集係は世界のあらゆる場所を背景にして両腕に若い娘を抱えたブルーの制服の海兵隊員の写真を見せて、海兵隊で三年勤め上げれば、おれに家を買う資金を援助してくれるって。この俺が自分の家を持てるんだ。それから奴らは新兵訓練所で俺たちに一日百回叫ばせる。

ジェリー　Kill the gooks.〔グークを殺せ〕

紘子　Gooks?

ジェリー　Don't you know gooks? Gooks are the Vietcongs. No, actually, the colored Asians.

紘子　グークというのは色のついたアジア人のことだそうです。

ジェリー　One day, in the battlefield in Vietnam, I realized, I was the only one surviving while the white soldiers in my troop were being killed one after the other. Why? Why? Because I'm black. We're gooks too. When I noticed that, I found out who I was.

紘子　ベトナムの戦場である日、同じ隊の白人兵士が次々に殺されていくのに自分だけが生き延びていることに気づきました。なぜだ。なぜだ。それは俺が黒人だからだ。俺たちもグークなんだ。そう気づいた時、俺は自分がナニモノであるか知ったんです。

3　一九六九年七月

軒まで引いた紐に朝顔が咲く庭に、ヒグラシが鳴き、「黒猫のタンゴ」が聞こえている。
ソファのあった位置に純一の仕事机。
ジェリーと弦はトランプをしている。
純一がゲラを見ながら電話をしている。

純一　赤版が強すぎるの。主人公の顔、真っ赤でしょうが……。そう赤を二十パーセント落として、黄《き》を上げて。……お宅、近頃、たるんでるんじゃないの？　……印刷屋は信用が第一でしょう。こんな仕事されちゃあ、ほかに頼みますよ。……ええ、クライアント？　なんだいそれは？　広告主？　広告主なら広告主と言え！（ガチャンと電話を切り、鍵をかける）

弦　親父、クライアントなんて、もう日本語だぜ。

純一　日本は植民地じゃないんだ。どいつもこいつも英語ばっかり。

デスクで老眼鏡をかけ、仕事を始める。

弦　ジェリー、ペプシ飲む？

ジェリー　ノミタイ！

純一　そんなもん毒だぞ……。
二人　（歌う）「ペプシがなければはじまらない」

そこへ、庭から「クーラーの取り付け終わりました」と田宮の声。
三人、瞬時に立ち上がって、ジェリーを隠す。
ジェリー、書斎に逃げ出す。

伸枝　遅くまで大変ね。
田宮　梅雨が上がって、急に暑くなったでしょうが。お宅で八軒目だよ。
弦　なんてったってGNP、西ドイツを抜いて世界第二位ですからね。
田宮　（無対象で）これを押すと、電源が入ります。これが、温度設定。
伸枝　ご苦労様。
田宮　メンテナンスの必要なときはいつでもお電話ください。
純一　おい、修理って日本語があるだろう！
田宮　旦那。修理とメンテナンスはちがいます。
純一　じゃ養生と言え養生と！　このアホたれが。
弦　養生なんて、病人にしか使わないよ。
伸枝　（手をかざして）ああ、冷たいの出てきた。

純一　クーラーなんて、体にゃよくないんだ。
田宮　京王線だって、今月から冷房車入れたんですよ。
純一　ベトナムやフィリピン、赤道に近い国がみーんなクーラーつけたら、この地球はどうなるんだ？
田宮　旦那。冷房装置って日本語ありますぜ。（去っていく）
弦　誕生日に中古車買ってくれるって言ってたのに、クーラーに化けちまった。
仲枝　ジェリーはカーテン閉めたままで、夜しか散歩に出られないのよ。
弦　ねえ、フェアレディーなんて贅沢言わないからさ。
仲枝　駄目です。

そこへ、ジャケットを着てジェリー。

仲枝　ジェリー、どうしたの
ジェリー　I'm going out.〔出かけます〕
仲枝　ノウ。ドント、ゴー、アウト。
ジェリー　It's a prison here.〔ここは牢屋だ〕
仲枝　ホエアー、アー、ユー、ゴーイング？
ジェリー　I'm going to a Jazz joint and then I'll go buy some booze.〔ジャズ喫茶に行って、それ

から酒を買う〕

弦 ジンが飲みたいってさ。

伸枝 ドント、ドリンク、リカー。

ジェリー Shut up.（出ていこうとする）

弦 駄目だ。

ジェリー （怒鳴り出す）Are you fuckin' jailers? You drive me nuts. This is worse than the base.
〔お前らは刑務所のファック野郎か。気が狂うぜ、まったく。これじゃ、軍隊のほうがましだ〕

伸枝 うちは刑務所じゃないわ。

純一 わかった。弦、酒を買ってきてやれ。

弦 アイル、ゲット、リカー、フォー、ユー。

ジェリー You will?（With his fist up.）I win!〔そうか。（拳をつき上げて）俺の勝利だ〕

弦 権利意識の固まりだよ。

純一 アメリカじゃあ、どういう教育をしてるのかねえ。（と、金を渡す）

そこへ、ブザーが鳴るので純一、迎えに出る。

弦 （時計を見て）ドント、ウォリー。メイビイ、ジャテック・メンバー。

伸枝 今日は大切なお話があるって。ねえ、片づけるの手伝って。

弦　あいよ。ヘルプ、ミー。

弦とジェリー、食器を片づけ始める。

ジェリー　（「サマー・タイム」を歌う）
純一の声　（聞こえよがしに）ああ、警察の方ですか。
ジェリー　（気づかずに歌い続ける）
純一の声　弦、警察の方がいらしてるんだ。静かにしなさい。
弦　（小声で）ポリース！（玄関を指す）

ジェリー、台所に入る。
伸枝、箒を持ってきて構える。
弦、テレビをつける。
「ドリフのズンドコ節」

純一の声　弦、うるさいと言ってるだろう。
弦　はーい。（ボリュームを落とす）
純一の声　はい、ご苦労様です。

純一、「三億円事件の聞き込み捜査だとよ。フー」と戻ってくる。

純一　玄関に誰か来たら、気をつけろ。

ジェリー　ゲンチャンガ、ドントウォリー、イイマシタ。

弦　母さん。急にゲバルト・ローザやんないでよ。ゲバ棒がわりに箒で、武装蜂起しちゃって。

伸枝　（箒を片づけて）我が国は戦争を放棄しておりました。

純一　（見て）日本人を白痴にするつもりか。（テレビを消す）

ジェリー　Why was the police here?〔何で警察が来たのか？〕

伸枝　こら、むずかしいぞ。（辞書を引く）

弦　ラスト、ディセンバー。ギャング、スチール、マネー。……三億円てな、スリー、ハンドレッド、ミリオン、エン。

ジェリー　Three hundred million yen. Oh MORETSU!

伸枝　ディス、キャッシュ、イズ、バンカーズ、ボーナス。

そこへブザーが鳴るので伸枝が出て行く。

弦　ギャング、ヘンシーン、ポリスマン。

仲枝の声　あら、紘ちゃんも一緒。
清家　（入って来ながら）今日、もう一か所行ってたんですよ。
ジェリー　（喜んで）ヒロコー。

清家、成瀬、木谷、紘子、挨拶しながら入ってくる。

紘子　How are you doing, Jerry?
ジェリー　We just had the police man, here. What's this three-hundred-million yen jive? I don't have a clue.〔いま、ポリスが来て大変だったんだよ。三億円の事件て何さ〕
木谷　ずっと英語しゃべれない生活でしょ。すごかったね、中西の奴。鴻池さんが来るなり、もう機関銃みたいにしゃべりだして。
紘子　（その間に）A security van carrying bank bonuses was stopped by a robber disguised as a policeman.〔銀行のボーナスを積んだ現金輸送車を、交通警察官に化けた犯人が停めたの〕
純一　（メンバーに）適当に座ってください。
成瀬　（持ってきたギターを渡して）アイ、ゴット、ディス、ギター、フォー、ユー。
ジェリー　Great!〔やったぜ！〕（ギターをボロロンとやる）
純一　悪いけど、これから話し合いするから、ジェリーの部屋でやってくれる。
紘子　Let's go talk in your room.〔あなたの部屋に行きましょう〕

ジェリー　（部屋に行きながら）You're tellin' me that the Japanese learn English for six years?〔日本人は六年間、英語習ってるって本当?〕

成瀬　あいつ、先生の書斎、占領しちゃったんですか。

仲枝　仕事場、取られたんでご機嫌、悪いの。

純一　（机を指して）米軍に占領されてるのは沖縄だけじゃありません。

仲枝　人、一人匿うって犬を飼うのとはちがうわね。

清家　相手は人間ですからね。食べるわけですよ。着るわけですよ。

木谷　東京で一月生きていくのに最低、三万円はかかります。

仲枝　一日、千円で暮らしてるの。

木谷　タクシーの深夜料金二割増しが痛かった。ほとんどの移動が夜でしょ。こうなったら、銀行の現金輸送車狙うしかない。

成瀬　おい、いい加減にしろ!

純一　なにか問題でも……。

木谷　我々は何のために脱走兵、匿っているかってことです。

ジェリーの引くギターの音。

仲枝　そりゃ、日本がベトナムの人殺しに荷担してるからでしょ。

木谷　問題は脱走兵の意識です。

　　そこで、電話が鳴る。

　　伸枝、鍵を開けて電話を取る。

清家　やあ、涼しいと思ったらクーラー入れたんですね。

純一　ジェリーが可哀想で、二階から飛び降りたつもりで冷房装置、付けました。

伸枝　もしもし。……ああ、アキさん。いるからちょっと待ってね。ジェリー、テレフォン。フロム、キャンプ・ザマ。

　　「アキ！」とジェリーが飛び出してくる。

伸枝　（出てきた紘子に）どう？

紘子　やっぱり、ストレス、たまってるみたい。

ジェリー　Yeah, it's me. What's the matter? I want to see you too, babe…… Naw, you can't come here…… Yeah, but……〔俺だ。どうした？……俺も会いたい。……こっちへ来るのは駄目だ。……しかし〕

伸枝　動物園の熊だもんね。

ジェリー （木谷に）I'm going to Zama now. Give me a lift.〔今から座間に行く。車を運転してくれ〕

木谷 キャナット。

ジェリー Why not?

木谷 No way. There are so many MP's in Zama. You will be arrested.〔駄目だ。座間はＭＰが多くてお前は捕まる〕

ジェリー Then take the roads with no MP's.〔ＭＰのいない道を通ればいい〕

清家 ジャテックは反戦組織で、慰安組織じゃない！

紘子 JATEC is an anti-war organization, not a comfort service.（電話を取って）電話をしないでちょうだい。（切る）

ジェリー Well, comfort this, you bitch! (Jerry throws all kinds of curses. あらん限りの罵詈雑言を浴びせかける）

純一 なんて言ってるんだ。

紘子 とっても訳せません。Speak English, will you?〔あんた、ちゃんとした英語、喋りなさい〕

ジェリー Makes me sick to hear your 'proper' honkie English. Fuck you.〔お前の乙にすました白豚の英語を聞いていると、反吐が出るぜ。ファック、ユー〕

成瀬 ふざけるな！

ジェリー I don't need no more o' your lectures, man.〔またお説教かよ〕

成瀬　（立ち上がって）We can't support you any more. Now, get out.〔僕たちは君を助けられない。ここから出ていけ〕
ジェリー　Why not?〔なぜだ?〕
成瀬　君はホー・チ・ミン北ベトナム大統領のことが嫌いだと言ったね。
紘子　You said you hated the North Vietnamese president, Ho Chi Minh.
ジェリー　He's a communist. I hate the commies.
紘子　彼は共産主義者です。私はアカは嫌いです。
木谷　じゃ、君をスウェーデンまで連れていくのは誰だ。
紘子　Who is going to take you to Sweden, then?
ジェリー　Soviet Union.〔ソ連邦だろう〕
成瀬　君を日本から救い出してくれる国は君の大嫌いなコミュニストの国だけなんだ。
清家　成瀬君。
成瀬　アメリカの反共政策に屈しなかったホー・チ・ミンを嫌う反共主義者を共産主義国に頼んで助ける?　漫画ですよ。
木谷　（突然）ソ連てな共産主義国家かね?
成瀬　（怒鳴る）なんだと!
木谷　今のソ連は、スターリン主義に毒された独裁国家じゃないですか。
成瀬　トロツキストは黙ってろ。

木谷　トロツキーの著作も読んだこともない癖に、トロツキーの名前を出すな！
清家　そういう論法、好きじゃないな。ＪＡＴＥＣのＴは、テクニックのＴ、技術だ。我々はただベトナム戦争をやめようという兵士を援助するための技術だけを提供する。思想は問わない。
ジェリー　（その間に）What're they arguing?〔何を揉めてるんだ〕
紘子　Wish I knew.〔私にもわからないの〕
木谷　英国やフランスだってベトナム侵略を批判しているのに、日本だけはアメリカの言いなりで戦争を支援している。なぜですか？　陸軍本部のある座間。立川基地は第三一五空輸グループの本拠。厚木には海兵隊とジェット・エンジン修理工場。横須賀には米海軍の総司令部。戦車の修理は相模原基地。沖縄の嘉手納基地からは……。
成瀬　だから米帝と闘わなければならないんだ。
木谷　なんで米兵は日本で脱走するんです。それは日本が豊かだからです。なぜ豊かになったか。それはベトナム特需でしょう。
紘子　（弦に）あの、ベーテーってなあに？
弦　アメリカ帝国主義。
木谷　ベトナム特需で去年、日本に入った金は四億六七〇〇万ドル。そん中には、こいつらが保養休暇で飲み食いしたり座間の女を買った金は入ってない。（成瀬に）ベトナム人民支援日本委員会は一億円募金を達成したですと。ベトナムの戦争で数百億円稼いで、そん中から可哀想なベトナム人に一億円くれてやりました。ハハハハ。

純一　でも、日本の基地から次々に脱走兵が出たら、米軍も日本に基地を置くのはやめようって考えないだろうかね。
木谷　こいつは言う。ドア・ガンナーが僕のポジションだった。ヘリコプターの上から動くものはバンバン撃った。まるで射的屋で遊んでるみたいだってほざいてるんです。我々はベトナム人民の虐殺者、犯罪者を匿い保護しているんだ。
清家　しかし、我々が預かっている間は、殺さない。
伸枝　ねえ、私たちが預かるのは、反戦の闘士だからじゃない。この子たちが戦場から逃げてきたから、それだけでいいじゃないの。
清家　うん。イントレピッドの四人のように反戦のアピールのために脱走する兵士はむしろ特殊なんです。たいがいがスチーブンのように地方都市の出身者で、家の経済的事情から応募した志願兵だ。
成瀬　それと残念なことに、子供の時から真面目で先生や親から誉められて育った優等生は脱走なんかせず国家のために死んでいく。
木谷　脱走兵てのは米軍にとっては厄介者なんですよ。我々が匿っているお陰で、米軍の秩序を乱す脱走兵の存在は一般の米兵には知られない。……つまり米軍のお役に立っているってわけだ。
弦　さすが理論派。
木谷　（いい気持ちになって）我々が闘うべきは米帝ではなく日帝でしょう。アメリカ流の浪費社会が、日本中でスモンや水俣の公害問題を引き起こしている。全部、繋がっているんです。

紘子　（弦に）ニッテーってスケジュールのことですか？
弦　日本帝国主義。
清家　ベトナム特需の中で生きていることを責めるなら、コカ・コーラを飲みハンバーガーを食べてるのも悪いことになるよ。
木谷　東京オリンピックに大阪万博。日本中の土建屋が稼ぎ、軍需工場は大儲け。
清家　僕らは家庭と仕事を持った生活者だ。だから、学生たちのようにエンプラ入港を阻止するために佐世保に行くわけにはいかない。成田で土地を取り上げられる農民のところへも行けない。できることは、自宅に兵隊を預かることぐらいだ。
木谷　苦労してスウェーデンに逃がしたダグラスは、結局、アメリカに帰っちまって重労働六年をくらってる。僕たちはなにをやってるんだ。
伸枝　その子も両親の元に帰りたかったのよ。まだ、子供だもの。
純一　台風で川が氾濫し、子供が流された。その時、日本の自然を破壊する土建国家批判の演説するより、川に飛び込んで子供を……いや、溺れるのは怖いから、ロープでも投げてやろう。僕たちにはそんなことしかできない。
木谷　それが、天皇の赤子としてアジアの民衆を殺戮してきたことへの罪滅ぼしになるとお考えなら、お続けください。
純一　（立ち上がった）
清家　木谷君、やめたまえ！

木谷　はい。今日限りやめさせていただきます。（立ち上がった）
成瀬　ええ！
伸枝　木谷さん。
清家　君はこれまで、コッペパンをかじりながら米兵たちの世話をしてきた。それに君の英語も大切な戦力だった。君を失ったらジャテックは……。
木谷　失礼します。（出ていく）
弦　格好いいなあ。
純一　馬鹿。
清家　あいつ、大学院の仲間から日和ってるって言われて……。でも、脱走兵の話するわけにもいかず……。
伸枝　ストレス溜まってるの、米兵だけじゃないんだ。
成瀬　ああいう過激派が、組織を破壊するんです。
清家　しかし、奴が抜けると運転手もいなくなる。

弦は手を挙げるが、無視される。
そこへ、電話。

伸枝　はい。檜山でございます。……。あ、いらっしゃいます。成瀬さん。

成瀬　（電話を取って）はい。……。ご苦労さん。なにぃ。……。理由は？　うん。……うん。言いそうなこった。……。わかった。気を落とすな。じゃあ。（切る）
ジェリー　Bad news?
成瀬　イャー。……信じられん。
清家　どうした。
成瀬　ソ連政府が脱走兵の引き取りを拒否したそうです。
紘子　The Soviets refused to receive the deserters.
清家　どうして？
成瀬　原子力潜水艦の乗組員かB52の乗員なら引き取ってもいいそうだ。
紘子　They said they'd only accept nuclear submarine crews or B-52 pilots.
ジェリー　Not too many of us niggers get to go to the Air Force or the Navy.
紘子　黒人で、空軍や海軍に配属される者は少ないんです。
清家　先日、チェコへ侵入したソ連軍からの脱走兵が、スウェーデンに現れた。社会主義も帝国主義もない。どこの国も軍隊を持っている。どの国家にとっても脱走兵は敵だ。
成瀬　残念です。
弦　どうすんだよう。こいつ、ずっとここに住むわけ。
成瀬　脱走兵がずっと隠れていて、お爺さんになってひっそり死んだなんて話、嫌だぜ。
ジェリー　You tellin' me I have to go back to the base?

紘子　基地に帰らなきゃならないのかって……。
純一　そんなことはさせない。

伸枝、みんなにお茶を入れる。

弦　そんなこと言ったって、実際に面倒みんのは母さんだろ。
純一　脱出ルートが見つかるまでうちで預かる。
弦　脱走兵が来る前の母さん、出かける時お化粧すっと四十過ぎになんて見えなかったよ。それが今じゃ髪振り乱したおばさんじゃないか。
伸枝　古のお嬢様だもん。
弦　木谷さんも言ったように、こいつの頭ん中には、女のことしかないんだぜ。
純一　それでいい。
弦　アメリカ嫌いの親父が、どうしてなんだよ。
純一　……私は、アジアを侵略する軍隊から脱走しなかった。日本人は脱走しなかった。
清家　それは仕方ない。天皇の軍隊では、敵前にて逃亡せし者は死刑、もしくは無期刑でしたからね。

沈黙。

純一　今年の二日、皇居新宮殿の防弾ガラスに「ヤマザキ、天皇を撃て」とパチンコ玉を撃った僕と同じ大正七年生まれの皇軍兵士がいた。

成瀬　ニューギニアで戦友山崎を失った奥崎謙三ですね。

純一　奥崎は米軍の捕虜になって二年後、日本に帰国することを躊躇した。自分だけが日本に生きて帰って幸せな家庭生活を送ることは大きな罪悪だって感じたって言ってる。一部の週刊誌を除いて、マスコミは奥崎をきちがい扱いして無視したが、それは日本人全体が後ろめたいからじゃないのかね。

紘子　（小声で通訳する）

純一　シンガポール陥落のニュースに僕ら日本人みんなで日の丸振って熱狂した。日本に帰還して仲枝と所帯を持ったのは高円寺の防空壕だった。それがいつのまにやら、家を買って、カラーテレビだ、クーラーだ。沖縄の嘉手納基地からB52がベトナム爆撃を始めたのは四年前だ。翌年、サイゴンでお坊さんの焼身自殺したニュースが流れてきた。しかし、僕はなにもしなかった。莫大な資金を投入して去年落成した皇居新宮殿のバルコニー前に集まった何万の群衆の中で、奥崎はたった一人でパチンコ玉を撃った。……そしてこいつは独りぼっちで脱走した。

成瀬　そうです。「天皇陛下のためにアメリカをやっつけてこい」と言って若者たちを戦場にかり出しておいて、戦争に負けたら皇太子の家庭教師にアメリカ婦人を連れてきて、今度はアメリカと軍事同盟だ。

紘子　皇太子の家庭教師やってたバイニング夫人、先月逮捕されました。

伸枝　あのバイニング夫人が。
紘子　十八日に、ワシントンでベトナム戦争反対のデモをしていたんです。
成瀬　あのおばさん、クェーカー教徒だからな。
紘子　議会前で、戦死した兵士の名前を読み上げようとしたらしいんです。
伸枝　ジェリーにだって母親がいて、この子に戦死なんかされたら……。
清家　わかりました。できるだけ、協力します。さあ、そろそろお暇しよう。
成瀬　木谷が乗ってっちゃったから、帰りは歩きですよ。
清家　伸枝ちゃん、苦労かけますが、新しいルートなんとか探しますから。
伸枝　どうぞ、よろしく。

二人、出ていく。
純一と伸枝と紘子とジェリー、玄関に出る。
弦、テレビをつけると宇宙中継。

弦　ジェリー。アポロの月面着陸だよ。ジェリー。カモン。

四人、戻ってくる。

弦　やったぜベイビー。やっぱアメリカはすげえな。

ジェリー　Shit. The honkies are putting the same fucking Stars and Stripes on the moon as they did in Vietnam.

紘子　白豚どもがアメリカ国旗をベトナムじゃなく月にブチ立てている。

伸枝　汚すのは地球だけにしてもらいたいわね。

ジェリー　The only thing they taught me at school was how great the honkies have been. The only American history is honkies' history.

紘子　学校で習ったことは、白人がどんな立派なことをしたかだけです。つまり、白人の歴史がアメリカの歴史なんです。

純一　こっちゃ、お前らの息子たちを食べさせる金に苦労してんだ。ロケットなんか打ち上げてはしゃぐな。（と、戸棚からウィスキーを出す）ああ、誰だ、俺のジョニ黒飲みやがったのは？

ジェリー　Sorry.

純一　おい、電話だけじゃない。ウィスキーにも鍵かけろ。

紘子　（窓を見て）ほら、お月様。ジェリー。カモン！

ジェリーがギターを弾いて「月光値千金」を歌い出す。

ジェリー　When you're alone Any old night. And you're feeling out of tune.

Pick up your hat Close up your flat get out get under the moon.

仲枝が唱和した。

仲枝　お月様　今夜は　恋の薄曇り
僕の彼女も　恋の薄曇り

歌にメロディーがかぶって、一つの家族と一人の兵隊が月光の中に浮かんだ。

第二幕

4　一九六九年十二月

夜。弦がテレビを見ている。

純一　（電話に）だから、ベトナム戦争から逃げた兵隊。……そう。もう満杯で預かれないの。……で、君のところはどうかと思って。（弦に）うるさい！　（電話に）いやいや、君に言ったんじゃない。そう、一週間でも助かるんだよ。

そこへ、「コンチワー」と田宮、入って来る。

弦　母さんは、今、お風呂。
田宮　遅くなっちゃって。
純一　（気にしながら）うん。……それは僕のところも同じだよ。……。わかった。もう君には頼まない。（電話を切って田宮に）なんだ。
田宮　いえね。奥さんにトースター見てくれって言われたもんだから。
弦　あ、トースター、切れちゃったんだ。（台所に行く）
田宮　先生。俺はパンなんか食わないからトースターなんていらないって言ってたのに、宗旨替えですか。（と、純一の仕事机をのぞき込む）

純一　うん……（困って、デザイン画を見せて）どうかね。
田宮　先生、さすがプロだねえ。このパッケージ・デザイン最高。
純一　そうかい。
田宮　でも青より、緑がイカスんじゃないんすか。
純一　色彩学も知らんくせに。
田宮　日本人てね、緑色大好きなんすよ。ほら、新幹線のグリーン車。緑のおばさん。富士フィルムのグリーン・ボックス。
弦　（トースターを持って出てくる）葉緑素入り歯磨き。色が決め手です。
田宮　興和化学の強壮疲労回復薬。（力瘤を作って）男性向けの精力剤はなんたって黒。中年女性用はウッフン、ローズ・グレー。マケッチングの基本よね、弦ちゃん。
弦　マーケティングだろう。
純一　マーケティング？
弦　親父さまのおっしゃるとおり、どこの家庭でも三種の神器と3C、揃っちゃって、もう買う必要のあるものなんてないの。でも、消費させないと高度成長、止まっちゃうでしょう。だから、これからは消費じゃなくて浪費。
純一　浪費か。
弦　大衆に浪費させる戦略その一。持ってるもんを旧式なものだと思わせる。
田宮　そう。このトースター、裏返さなきゃあなんないでしょう。いっぺんに二枚焼けて、ポンと出てくる新型が新発売。
弦　その二。使い棄てさせる。
田宮　はい。（手を挙げて）百円の紙パンティー。
弦　その三。贈り物をさせる。
純一　はい。お中元とお歳暮。
弦　古いんだよ。バレンタインのチョコレート。
純一　経済学部ってな、そんなこと教えてんのか？
弦　そう。新しい欲望の開発。
田宮　はい。「トリスを飲んでハワイに行こう」。
弦　ディスカバー・ジャパン。
純一　美しい日本を探そうってのに、なんでディスカバーって英語なんだ。
弦　ディスカバー・アメリカの真似だから。アメリカ流使い捨て文化。
純一　だから、杉並区でゴミ戦争が起こるんだ。
田宮　昔っから言うでしょうが、女房と畳は新しいほうがいいって……。
伸枝　（出てきて）女房がどうしたって。
田宮　ああ、湯上がりの奥様、一段と魅惑的……。
伸枝　お風呂の中は言うばかり。
田宮　湯にことかき風邪引いた。これ、お預かりしていきます。

「いい湯だな」と歌いながら去る。

伸枝　ジェリー、まだ寝てるの？
純一　（机に座って仕事を始めながら）昼夜、完全にとっ違えてやがるんだから。
弦　よーし、俺が起こしてやる。（部屋に入る）
伸枝　昼の間、みんなが自由にしているのが堪まんないのよ。
純一　なあ、風呂場の戸に鍵をつけよう。こないだジェリーが覗いてたような気がする。
伸枝　まさか、誰が婆さんの裸見たいもんですか。
弦の声　ジェリー！　ウェイク、アップ、ベトコン！　ベトコン！　ルック、ベトコン、アタック、ユー！

ジェリーの叫び声とドタンバタンという音。

弦の声　ジェリー、俺だ。弦だ。
伸枝　どうしたの？（部屋にはいる）
ジェリー　（泣き叫んでいる）
伸枝の声　ジェリー！

弦、逃げ出してくる。

ものすごい形相のジェリーを支えて「テイク、イージー」となだめながら出てくる伸枝。

荒い息をしているジェリー。

伸枝　（ジェリーの頭をなでながら）ユー、グッド、ボーイ。
ジェリー　Thought it was for real.〔本当のベトコンかと思った〕
伸枝　弦、言っていい冗談じゃないわよ。
弦　こいつ、本物の兵隊なんだ。天然危険物だぜ。
伸枝　弦ちゃん。それにベトコンて呼んじゃいけないんでしょ。
弦　へい。民族解放戦線。カンザス・シティーと時差、十二時間だから。お前には今は朝の七時なんだろう。
ジェリー　Say what?
伸枝　ちょっと待って。（辞書を取り出す）
純一　いちいち、訳さなくてもいい。
伸枝　向上心ある女ですから。ええと、ディフェレンス、イン、タイム。フロム、ユアーズ、ホーム、シティー、トウェルブ、アワー。
ジェリー　Oh, you mean there's a twelve-hour time difference between Kansas City and

Tokyo.〔ああ、カンザスシティーと東京の時差は十二時間〕

純一　やめろ。こいつだってスウェーデンに行けばスウェーデン語を勉強するだろう。

仲枝　ハウ、アバウト、ベーコン・エッグ。

純一　いい加減にしろ。（と、新聞を取る）

ジェリー　I want some coffee instead.〔それよりコーヒー、飲みたいな〕

仲枝　はいはい。（と、立つ）

純一　よせ。（指をつきだし）コーヒーを飲みたいなら自分で入れろ。何様だと思っているんだ。

ジェリー　（仲枝に）What's he saying?

仲枝　ヒー、セッド……。

純一　日本語で話せ。

仲枝　だって……。

純一　いいか。僕らは自分の下手くそな英語を恥じらいながら、一所懸命コミュニケーションを取ろうとする。そうやっていつの間にかこいつのほうが優位に立つ。で、君が召使いになるんだ。

ジェリー　ナンデスカ？

純一　フィリピンで現地部隊の捕虜になったとき、一所懸命タガログ語を子供から習いましたよ。奴らが俺のことを指してフランヒヤって叫ぶ。

弦　フランヒヤ？

純一　恥知らずって意味だよ。

ジェリー　What was he saying?
伸枝　ホエン、ヒー、ワアズ、フィリピンズ、プリズナー……。
純一　よせと言ってるだろう！
伸枝　何を八つ当たりしてるの？
純一　（新聞をたたきつけて）なんでアポロ十一号の飛行士に文化勲章やんなきゃなんないんだ。日本はアメリカの属国か。

そこへ、ブザー。
ジェリー、あわてて立つ。

弦　（立ち上がって）ノー、プロブレム。ジャテック・メンバー。
ジェリー　Oh!
純一　片づけて、片づけて。（と、立つ）

清家と成瀬が「こんばんは」と入ってくる。

伸枝　（片づけながら）暖かくなってなによりですね。
清家　（その間に）ハア、アー、ユー。

ジェリー　Bored.〔退屈だよ〕
清家　ディス、イズ、プレゼント。（と、レコードを出す）
ジェリー　For me?
清家　イヤア。
弦　（見て）マイルス・デービスじゃん。
ジェリー　'Round About Midnight,' huh?（部屋に入っていく）
清家　お時間を取っていただいて……。
純一　いや、我がノンポリ大学もついに無期限スト。バリケード封鎖でプータロウです。
成瀬　ジェリー、相変わらずですか？
純一　昨夜も私が遅かったので、これにジンを買えって脅しをかけて……。
清家　買ったの？
伸枝　うん。でもね、ジェリーは三か月我慢して、半年辛抱して脱出の望みもないのよ。
清家　アンネ・フランク状態か。
成瀬　ああ、そうだ。弦ちゃん。（キーを出して）車、持ってきたから明日にでもジェリーをドライブ連れ出してやってくれないか。
弦　やったぜ、ベービー。
清家　中古車、提供してくれた人がいてね。
弦　一回りしてきてもいいですか。

伸枝　気をつけて運転するのよ。
弦　まかしとき。（出ていく）
純一　展望はいかがです。
清家　いいニュースと悪いニュースがあります。
純一　じゃ、悪いニュースから。
清家　メイヤーズ逮捕の後、大阪でアームステッドとピーター、京都でダニエル・デニスが捕まりました。
成瀬　スパイだったジョンソンに会った人間、匿った家はすべて汚染されていると考えるべきです。
清家　兵隊の相手してくれてた学生たちは、三里塚に行ってしまった。
伸枝　いい、ニュースは？
清家　アメリカ上院の軍事小委員会は、世界七か国にある脱走兵援助機関の中で、日本に根拠地を持つ機関が、精力的効果的な活動をしていると認める報告書を提出しました。
伸枝　その機関が私たちジャテックなのね。
成瀬　が、その実体は人もいない。金もない。
清家　一昨日、岩国から五人、逃げてきました。
伸枝　すごいじゃない。
成瀬　しかし、その五人を東京に連れてくるだけで、五五、二万五千円かかる。

ジェリーの部屋から「ラウンド・アバウト・ミッドナイト」が聞こえてくる。

伸枝　どっかジェリーの働けるとこないかしら。力もてあましてる若い子が、一日何もしないでいるなんて不健康だし、もったいないわ。

清家　京都じゃ、英会話教室を週一回二時間開いてる脱走兵がいます。三、四人の子供たちに「くまのプーさん」を教材に教えてる。

成瀬　駄目だよ。ジェリーが先生になったら、子供たちが、ファック、ユーなんて叫び出すよ。

清家　万博で、京都にどっと観光客が押し寄せて外人が目立たない。

成瀬　西荻窪の自動車修理工場にね、理解のある社長がいまして、一人働いていますがね。

伸枝　ああ、そういうの、いいじゃない。技術も身につくし……。

清家　しかし、ジェリーは。

伸枝　どうしてジェリーは駄目なの？

成瀬　目立つんですよ、アフリカ系は……。白人なら、背広着せればビジネスマンに見えるけど……。

純一　今、お客様は何人。

清家　今日現在、七人。

伸枝　七人……。

清家　冬は往生しますよ。ベトナムじゃTシャツ一枚ですからね。

成瀬　でも、助けを求めてきた兵隊に、金がないからもう君の面倒はみられない。兵営に帰って豚箱に入るなり、ベトナムに行って人殺しをするなり、勝手にしてくれたあ言えないでしょうが……。

仲枝　あの……。すこしなら、カンパできますけど……。

純一　うん。

成瀬　いや、もはや個人の知り合いをたどってできる規模じゃない。お金も、人間も。

清家　……月千円出す人間が二十人いれば脱走兵一人を養える。

純一　十人を養うには、二百人か。

清家　（鞄から紙を出す）それでね……。

成瀬　清家さんは、新聞出そうっていうんですよ。

純一　新聞？

清家　「脱走兵新聞」てのを作って売るというのはどうかと。

純一　脱走兵新聞？

清家　脱走兵の体験とか、ボランティアの呼びかけとかを載せた新聞を売って資金を作ったらどうか。

仲枝　でも、そんなことしたら……。

成瀬　そう。こっちの手の内を警察に知らせることになります。

清家　だから、実際に脱走兵とかかわるジャテックと、新聞を発行して資金を作る……たとえば「イントレピッドの会」ってグループとにわける。

成瀬　上院軍事小委員会が認めたってことは、敵も必死に追跡してくるでしょう。僕たちはジャテックをキチッと組織化して、規約を作り、指導部を確立しなきゃ巨大権力とは闘えません。

清家　僕は好きじゃないんだよ。人々をまとめていくにはなんらかの組織は必要だろう。だが、組織ができ代議員ができ、規約が決められていく中で、組織を守ることが大切になってくる。一つの目的のために作られた組織が、いつの間にか目的を忘れ、組織を守ることが大切になってしまう。

成瀬　我々の警戒心が足りなかったから、組織はつぶされたんですよ。

清家　つぶされたらまた、作ればいいんじゃないか。

成瀬　無責任です。我々が闘っている相手を甘く見ちゃいけないんです。いいですか、相手は世界最強の軍事力を持つ米軍と日本の警察。軍事同盟を結んでいるGNPの一位と二位の大国相手に闘ってるんですよ。

純一　……ねえ。五年前、アメリカが北ベトナムに空から爆弾を降らせ始めたとき、僕たちはベトナムに平和をと叫んだね。世界一の超大国アメリカが、GNPと言えば下から数えたほうが早い国を力ずくでねじ伏せようとしていることへの同情だった。あれから五年経って、世界はもしかしたらアメリカは勝てないのではないかって真剣に思い始めた。それはなぜだろう。

沈黙。

純一　大東亜戦争で、アメリカの圧倒的戦力は海も空も握っていた。だから日本はアメリカの軍事力に負けたと思っていた。……今、原子力空母エンタープライズに対し、ベトナム側は何を持っている。沖縄の嘉手納基地から毎日飛び立つB52に対して、彼らはなにを持っている？

成瀬　そりゃ、ホー・チ・ミンという偉大な指導者が……。
仲枝　ホーおじさん、亡くなったでしょ。
純一　ホー・チ・ミンは偉大な指導者だったんだろう。レーニンも毛沢東も、ありとあらゆる人類の経験を調べ、敗北からも学んで次の戦術を練って大衆を指導したんだろう。……それに引き替え僕たちは非力だ。経験もないし勉強不足だ。しかし、南ベトナムで戦っているのは、ゲリラ部隊だろう。
清家　僕たちの強みは、偉大な指導者のいないことじゃないか。だから、偉大な指導者を失うこともない。
純一　プラハの春、圧倒的なワルシャワ機構軍に立ち向かった運動も、チェコのこんな普通の家に人々が集まることから始まったんじゃないかね。
成瀬　そして、負けた。
清家　まだ、負けとは決まっていない。
仲枝　チャスラフスカのしなやかな体は、鉄じゃないから強い……。
純一　どんな新聞にするんですか。
清家　（渡して）こんなものを一部三十円とかで売ってね。
成瀬　その新聞は必ず警察の手に入ります。そして敵はスパイを送り込んで来ます。

玄関でバタン。

成瀬は腰を浮かせる。

伸枝　だーれ。

弦の声　僕だよ。（入ってくる）

伸枝　早かったわね。

弦　母さんに心配、おかけしたくないですからね。（なんだか様子がおかしい）

成瀬　わりと調子いいだろう。

弦　ちょっとクラッチの遊びが多いかな。（とジェリーの部屋を気にする）

清家　（新聞を見ている純一に）どうでしょう。

純一　中身はいいと思いますが……。

清家　なんです？

純一　デザインがなんとも古くさい。なんか、区役所の広報誌か御用組合の機関紙の感じだな。今までの反戦運動とちがう開かれた自由な人間たちの集まりって感じが……。

清家　そうだ、二号からは檜山さんにデザインを担当してもらおう。

純一　いや、なにも僕がやりたいというのではなく……。そうですね。言い出した奴がやる。……やりましょう。

レコードのボリュームが上がる。

純一　また、馬鹿でかい音、出しやがって。
弦　ジェリー。ビー、サイレント。
伸枝　（戸の前に行って）ジェリー、静かにしなさい。ジェリー。ドア、オープン。ジェリー。
弦　ああ、入っちゃ駄目だ。

純一が「いい加減にしろ」と、ドアをあけて、「あ！」と驚く。

伸枝　（近づいて）どうしたの？
純一　来るな、見るな。（部屋の中に）馬鹿者！（と叫んでドアを閉める）
成瀬　女ですか。
純一　（頷く）……信じられん。
清家　例の座間の女ですか。
純一　いや、背中しか見えなかった。
成瀬　しかし、我々はここにいたし……。
弦　俺が、窓から入れてやったのさ。
純一　なんだって？
弦　表に出たら、暗がりにアキちゃんがポツンて立ってて……。

清家　まいったな。
純一　奴を今すぐ、連れて行ってください。
成瀬　今すぐったって……。
清家　移す場所を考えましょう。二、三日待ってください。
純一　二、三日？　スチーブンの時も二、三日とあなたは言った。そのまま半年、居続けでした。

沈黙。

純一　（立ち上がって）もう、あなた方には頼みません。（ドアに）出てこい。……。ゲッラウト！（ジェリーが出てくるので思わず）ハウ、アー、ユー。
伸枝　ジェリー。（と、間に入る）
ジェリー　オカアサン。ゴメンナサイ。But…… I love Aki.
伸枝　そうね。
純一　おまえたちはアイラブユーの安売りなんだよ。

ミニスカートのアキ、出てきて、ちょこっと頭を下げる。

純一　（穏やかな声で）あなたねえ。

アキ　すみません。
清家　こちらの奥さんは、自分の着るものを買わずに、ジェリーのセーターを買った。そういうボランティアの家であなたは……。
アキ　私もボランティアだよ。
清家　ジェリー。どういうつもりなんだ？
ジェリー　I fell in love with Aki. I just didn't want to go round killin' people no more.
アキ　人を殺するより、愛するほうが楽しいって……。
純一　そりゃ楽しいでしょうよ。
ジェリー　Man, after I made it with Aki, I was converted; make love, baby, not war!〔僕はアキとセックスして戦争よりセックスがいいと思った〕
アキ　そう。メイク、ラブ。ノット、ウォー。
純一　ふざけるな。この家は連れ込みホテルじゃない。
弦　連れ込みホテルでしかセックスしちゃいけないの？
純一　ここの家でそういう不潔な言葉を使うな。
アキ　なんでセックスが不潔なのよ。
弦　そうだよ。ジョン・レノンはクリスマスへのメッセージ、オノ・ヨーコとベッドインして「War is over, if you want it!」てアピールしたんだよ。
純一　ヒッピーなんかに憧れやがって。

弦　こりゃ、完全にずれてるよ。

純一　なにぃ！

清家　（あわてて）しかし、弦ちゃん、居候している家に迷惑をかけるのは……。

弦　どんな迷惑。誰に迷惑がかかったの？

純一　……。

清家　われわれが決めたルールに従う。そう決めた筈だ。

弦　清家さん。あなたは人間の顔をした運動とおっしゃいました。でも、ジェリーを人間として扱っていますか？　見通しのないまま日本人家庭をたらい回しにされる。脱走兵を匿うといえば聞こえはいいが、ただ、一室に閉じこめて飼育しているだけじゃないですか。

伸枝　そう。窓から顔を出すな。ＦＥＮ放送のボリュームを上げるな。私たちは、ドーント、ドリンク。ドーント、メイク、ノイズ！　ドーント、メイク、ラブ。ドーント、ドーントばかり。

弦　管理されることを一番嫌うあなたが他人を管理している。管理する側は強者、される側は弱者だ。

純一　仕方ないだろう。

弦　親父はぶっ壊れたレコードみたいに、僕に繰り返すんだ。俺たちの青春時代は、女友だちと歩いてさえ、巡査にオイ、コラって言われたひどい時代だったって。そのあんたが今度ぁオイ、コラかい？

純一　……。

弦　じゃ、聞くけどさぁ。父さんのいた日本の軍隊は、慰安婦、連れてなかったの？

純一　……。
弦　スチーブンは、渋谷でデートしている恋人たちを見ながら羨ましそうだったよ。だいたい、二十歳ぐらいの若者を女の子のいない戦場につっこむほうが不健康だよ。
純一　弦、こいつを座間まで送れ。
弦　ちょっと待ってくれよ。
純一　いやなら、成瀬さんに自動車のキーを返せ。
弦　わかったよ。ジェリー、レッ、ゴー、ツー、ザマ。
アキ　わかったわよ。私が座間に連れて帰るわよ。ユー、マスト、カンバック、ザマ。
ジェリー　Zama is full of MP's. I'm going to get caught. No, I don't want to go back.〔座間にはMPがうようよしてる。僕は捕まる〕（頭を抱え込む）No! No!（寝ころぶ）

隣りから「時には母のない子のように」。

伸枝　アキさん。もう二度とこの家にこないと約束してくれる?
アキ　もう、こないから。
純一　駄目だ。今すぐ帰れ。
伸枝　あなた。一度だけ勘弁してあげましょう。
純一　……。

仲枝　弦が高校でタバコをすって停学処分になった時、教育すべき学校が処罰するのは何事かと高校に怒鳴り込んだでしょうが。

弦　あ、痛え。

仲枝　ジェリーはまだ子供なのよ。

純一　こいつは俺の子じゃない。こいつを養子にもらったわけじゃない。

その時、ジェリーが「Who is it?」と立つ。
ガラス戸を開けると、血だらけのシャツを着た木谷。

純一　どうした?

木谷　すみません。今夜、ここに匿ってください。

純一　入んなさい。

仲枝　どうしたの。

木谷　……。

仲枝は、薬箱を持ってきて木谷の傷の手当てを始める。

木谷　すみません。下宿も危ないから、逃げるとこなくて。

ジェリー　What's happened to him?〔どうしたんだ?〕
弦　メイ、ビー。インサイド、ゲバルト。
ジェリー　No, no, that's not how you do it.〔そんなやり方じゃ駄目だ〕（と伸枝を押しのける）
伸枝　なにすんの？
アキ　この人、怪我をした戦友を何人も助けたってよ。

ジェリー、木谷の傷の手当てをする。

アキ　ジェリーの腕の中でたくさんの若い兵隊が息を引き取ったって……。
木谷　いい年をして……浅はかでした。
ジェリー　Don't speak.（腕を動かしてみる）
木谷　いてえ!
ジェリー　The bone's not broken.〔折れちゃあいないよ〕Why do you have to fight in such a peaceful country?
成瀬　なんで平和な国で戦争すんだって。
木谷　We're only trying to stop the war in Vietnam……〔俺たちは、ベトナム戦争をやめさせようと……〕

弦とジェリー、木谷を書斎に運ぶ。

純一　（ガラス戸のところへ行って）極楽夢見て地獄に堕ちる……か。

伸枝　（そばによって）ねえ。

純一　なんだ。（煙草に火をつける）

伸枝　私も古い人間だから、若い人たちのように自由には考えられない。

純一　あたり前だ。

伸枝　あたしたち、人との違いばかり見てきたって思うの。あの人たちと私は違う。あいつらの気が知れないって。……学生のデモに機動隊がハンドマイクで叫ぶ。「市民のみなさん。違法な無届けデモでご迷惑をおかけしています」。そうやって、学生たちを孤立させてく。追いつめられた若者たちは、暴発する。

純一　うん。俺たちは、この競争社会の中でじゅうぶん孤立している。

伸枝　お前と俺とはちがう、お前の世代にはわからん、じゃなくてどっかに共通する部分はないかって……。ちょっとでも同じところが探せたら一緒に生きていける。ね、そうじゃない？

飛行機が発進する音。弦、一人を残して暗くなった。

弦　俺の親父は普段は優しいのに、突然怒り出して手がつけられなくなる。ありゃ、一種の精神病じゃないかって言ったら、お袋が言うんだ。今、ベトナム帰還兵の後遺症がアメリカで問題になってる。ジェリーなんか一年、戦場にいただけで心が壊れちまってる。

ジェリーがギターを弾きながら、「ユー、シャル、オーバー、カム」を歌った。

弦　お父さんたち日本兵はその何倍もの間、戦場にいたのよ。……今もこの日本には、百万を越える後遺症を抱えた元兵士がいるのよって。……この年の八月、ニューヨーク州のウッドストックに五十万人のヒッピーが集まってジミー・ヘンドリックスが例のアメリカ国歌を演奏したわけです。でも日本じゃシラケムード。知ってますか。（歌う）野球拳すーるなら、こういう具合にしやさんせって、女の子の着物を脱がせるテレビ番組が大人気。次の年の七十年安保も十年前みたいに盛り上がらず、あっさり自動延長。昭和元禄に浮かれる人々から孤立した学生たちは、過激になり……。

電話が鳴り、弦が受話器を取った。

弦　そう。ジェリーがね、和歌山に行くの。

5　一九七〇年九月

コスモスが咲いている。
純一の机で校正をしている仲枝。
ジェリーは食卓でパンを食べている。
電話している弦。

弦　みかんもぎのアルバイト。ううん、黒人は目立つじゃん。だから新幹線じゃなく、僕が運転して行くの。
仲枝　弦ちゃん。長電話はやめなさい。
弦　じゃあ、お待ちしてます。(電話を切る) 成瀬さんだよ。
仲枝　京都じゃね。電話に雑音が入ったりしてるんですって。
ジェリー　(フランスパンを指して) I don't like this bread. It's hard as a rock.〔このパンは固いから嫌だ〕
仲枝　固いって、フランスに行ったら、このパンを食べなきゃ。
弦　(食卓の上の航空便を見て) 木谷さん、パリに行ってるの。
仲枝　ベトナムを植民地にしていたフランス政府は、脱走兵を受け入れるの。
弦　でも、どうやってフランスまで行くのさ?

伸枝　木谷さん、その方法を探しに行ってるのよ。
弦　赤軍派ならさ、ジャンボ機、ハイ・ジャックして、脱走兵四百人を一発で運んじゃうのにな。
伸枝　変なことというのはやめて。
弦　へい。ジャテックはあくまで合法的な範囲でシコシコやるんですね。

そこへ、「こんにちは」と田宮の声。
ジェリー、あわてて台所に隠れる。
ガラス戸から田宮。

伸枝　ああ、田宮さん。
田宮　弦ちゃん、ついに念願の車を買ってもらって、カー、クーラー、カラーテレビの3C、揃いましたなあ。一姫二太郎、三サンシーなんちゃってねえ。
弦　今度は何を売り込もうってえの。
田宮　そろそろ、寒くなってくるからね。お宅の暖房、ガスに変えれば安全だよ。
伸枝　ガスストーブ?
田宮　(カタログを出して)これが新発売の三菱温風暖房機、ガス・クリーンヒーター。
伸枝　ガスストーブとどこが違うの?
田宮　こいつはね、排気ガスをパイプで外にだすから、部屋の空気が汚れない。

弦　そうか。これからは健康を売るんだ。
伸枝　私、今、仕事してないから、我が家にはそんなお金ないの。
田宮　ああ、そう言えば、奥さん近頃出かけないねえ。
伸枝　！……校正の仕事なら、家でもできるから。
田宮　そうだ。（カタログを出して）これ、どう。
伸枝　カラーテレビは買ったじゃない。
田宮　三菱電機の音声多重カラーテレビ。
伸枝　オンセイタジュウ？
弦　ああ、英語と日本語の二チャンネル。
田宮　アメリカ映画が、英語でも見られます。ほら、お宅、外国人のお客さんよくくるでしょ。

そこへ、台所でガタンと音がする。

田宮　あら、ご主人、ご在宅なの？
伸枝　ええ、大学がバリケードで封鎖されてるから。
田宮　（浮き足だって）あたしなんか、大学行きたかったけどねえ。

「十五、十六、十七と私の人生暗かった」と歌いながら、去っていく。

弦　ジェリー、変な音、出すなよ。

伸枝　それより、車、玄関の前に横づけしときなさい。

弦　はーい。

弦、出ていった。

ジェリー、台所から出てくる。

伸枝　お世話になるワカヤマのお宅へのギフト、忘れちゃ駄目よ。

ジェリー　I want to go to Zama before I take off for Wakayama.〔僕は和歌山に行く前に座間に行きたい〕

伸枝　座間は駄目。

ジェリー　I want to see Aki.〔アキに会いたい〕

伸枝　ユー、プロミスド、ユー、ドント、ミー、アキコ。

ジェリー　There're no young girls in Wakayama, just like here in this house.〔ワカヤマには、この家と同じでヤングガールがいない〕

伸枝　仕方ないでしょう。シンク、ユアー、シチュエーション。ユー、エスケイプド、マリーン。

ジェリー　I'm going nuts.〔気が狂いそうだ〕

仲枝　（肩に手をやって）我慢しなさい。

ジェリー　（仲枝を見る）

仲枝　なによ。

ジェリー　Alright, woman, I can make do with you.〔じゃあ、あんたでいいよ〕

仲枝　（言っている意味がわからず）どうしたの？

ジェリー　You've been turning me on.〔前からいいスケだと思っていたんだ〕

ジェリー、いきなり、仲枝に抱きつく。

仲枝　なに、すんの？（逃げ出す）

ジェリー　Pretty baby. I'm gon' show you what a good time is.〔べっぴんさんだねえ。俺がかわいがってやるよ〕（近づく）

仲枝、逃げ出して手当たり次第、ものを投げる。
ジェリー、仲枝を追いつめる。

仲枝　（必死に逃げながら）やめて！

ジェリー　（顔を手で押さえて）I'm goin' to Wakayama. No woman there for me, babe.〔俺は和歌山

に行くと、女が抱けない〕

仲枝　ジェリー、放して！

ジェリー　（顔をつけて）Oh, baby, you smell good. Just like a woman. You're nice and warm.〔あ、いい匂いがする。女の匂いだ。温かい〕

仲枝　ジェリー。ストップ。

ジェリー、仲枝を床に押し倒す。
スカートがめくれて、白い足がバタバタ。
そこへ玄関がバタン。
ジェリー、あわてて、立ち上がり、椅子に座る。

仲枝　（ボストンバッグをたたきつけて）もうたくさんよぅ！

ジェリー、あわてて片づけ始める。
仲枝「フー」とデスクの椅子にへたり込む。

純一　（新聞を抱えて入ってきて）十三号、刷り上がったぞ。「脱走兵通信」出しはじめてから、二百通の手紙とカンパが届いたって。（読む）求む、空間。都市の団地の一室でも、田舎の農家の離れでも、反戦脱走兵が身をひそませる空間がいるのです。一夜だけでも結構です。英会話の心配もいりません。手真似だって意志は通じます。協力していただける方、連絡をお待ちします。（伸枝を見て）どうした？

伸枝　……。

純一　（見回して）なにかあったのか？

ジェリー　（固まる）

純一　また、こいつがジンを買えって言い出したのか。

隣りから「今日でもうお別れなの」聞こえてくる。

伸枝　いいえ……。（ジェリーに）プリペアー、フォー、トラベル。

ジェリー　ＯＫ。（荷物を作り出す）

純一　どうしたんだ？

伸枝　ううん。なんでもない。

純一　疲れた顔してる。

伸枝　私には……ベトナムは……でっかすぎる。

純一　でっかすぎる？

伸枝　（教科書を読むように）アメリカ合衆国は五年前、トンキン湾事件をでっち上げて、北ベトナムを爆撃、南ベトナムの解放地区の森に枯れ葉剤を撒いている。

純一　なんだ？

伸枝　今も、五十万を越えるアメリカの若者がベトナムで人殺しをしている。

純一　……。

伸枝　この兵隊を戦場に帰したら、人殺しをするんだ。お前はそれがわかってて戦場に帰すのか？考えて見ろ！

純一　うん。

伸枝　後はお前の良心の問題だ。そう言われると、すべてのことに優先しちゃう。ね、弦が悪さをしたって、人殺しをするよりはまし。弦が病気になったって戦死するよりはまし。

純一　そうだな。

伸枝　（ジェリーを見て）この子たちにも両親がいる。ベトナムで戦死したらどんなに嘆き悲しむだろう。そう思ったら……。

純一　がんじがらめになる。

伸枝　……脱走兵のアテンドをしている学生さんたちが、コッペパン一つで頑張ってるって話を聞けば、すき焼きの肉を買うのも後ろめたい。

純一　……清家君が、収入の半分をジャテックに注ぎ込んでると聞けば、辛くなる。

伸枝　あなたが作ってる「脱走兵通信」の呼びかけに応えて、次々脱走してくれるのは嬉しい。だけど、私にはもう無理。不良息子たちのお母さんなんてつとまらない。

純一　……ねえ、人間はタンマありなんじゃないか。
仲枝　タンマ？
純一　人間は、張りつめた状況に、そういつまでも耐えられない。その時タンマと言って休もうや。
仲枝　うん。
純一　シンドサを耐える力だって、個人差もある。シンドクなったら、タンマを言う。そして他人のタンマも保障する。ジェリーを和歌山に送り出したら、一休みしよう。
仲枝　昨日、また二人、連絡取ってきたって。

ブザーの音がするが、仲枝、動かない。

純一、「はい、はい」と出ていく。

仲枝、「バカタレ」と、荷物を持ってションボリ部屋に入るジェリーの頭をフランスパンで思いきり殴る。

そこへ、「おーい、事件だよ」と純一の声。

スチーブンを連れた紘子。

仲枝　ええ！　スチーブン。どうしてたのよ？
スチーブン　日本中を、旅してた。お母さんが買ってくれたコート、長崎で取られちゃった。
仲枝　いいのよ。手紙一つ、寄こさないから軍に捕まったかと思ったわよ。
スチーブン　便りのないのがいい便りと申しまして。

紘子　日本語うまくなったね。（伸枝に）ジェリーは部屋？
伸枝　出発の用意してる。
紘子　Jerry? It's Hiroko.（と入っていく）
スチーブン　兵隊が、いるの？
伸枝　そう。今から和歌山に行くんだけどね。……もう、大変だったの。そうだ。あんたの好きなカステラがあった。（台所へ）

そこへ、部屋からジェリーと紘子が言い争いながら出てくる。

ジェリー　I know all about the fuckin' South. My granddad was a slave there.〔俺の爺さんは南部で働かされた奴隷だった〕
純一　（スチーブンに）なにを言ってるんだ。
スチーブン　南部で農業するのは、奴隷だって。
紘子　How can you complain? You're a deserter. Look. I'm here for you when I have to be at work.〔仕方ないでしょう。あなたは脱走兵なんだから〕
スチーブン　私は、自分の仕事を放ってあなたのためにきている。
紘子　I was supposed to see a little boy who's been refusing to go to school.
スチーブン　学校、行かない子供を置いたままきてる。

ジェリー　My family was too poor to send me to school.
スチーブン　俺なんか、貧乏で学校行けなかった。
伸枝　（カステラを持って）おまちどうさま。
ジェリー　（スチーブンに気づいて）Who the fuck are you?
スチーブン　I deserted too. I was in this house until a year ago. Steven Herman.〔ああ。俺は一年前にこの家にいたスチーブンだ〕（手を出す）
ジェリー　（乗り気でないが握手をして）Jerry Holcomb. So, they're shipping me off to Wakayama to make room for this guy.
紘子　スチーブンのために俺を追い出すのかって。
ジェリー　Even Japs prefer honkies to niggers. That's why they're gettin' rid of me. The whites teach English. We do physical labor.〔ジャップも、黒人より白豚のほうが好きなんだ。だから、俺を追い出すんだ〕
紘子　白人は英会話の教師、俺たちは肉体労働だ。

そこへ、「ジェリー、ハリー・アップ」と弦と清家、成瀬。

スチーブン　ああ、弦ちゃん。
弦　（入ってきて）整備は完璧、ガソリン、満タン。出発ＯＫ。ええ、スチーブン！

スチーブン　ご無沙汰。
弦　（握手して）ジェリー、レッツ、ゴー。
純一　それが、行きたくないってゴネてんだ。
成瀬　おいおい……。
清家　行きたくない？
スチーブン　Do you know how much trouble the JATEC people are going through for us?〔俺たちのためにジャテックの人たちがどれほど苦労しているか、わかっているのか〕
ジェリー　I'm fed up with their cheapshit humanism.〔こいつらの安っぽいヒューマニズムには飽き飽きしたぜ〕
成瀬　安っぽいヒューマニズムだと！
紘子　And what are you? Except just a nigger with a hard-on! You don't fight against the war, you just get drunk and chase after pussy.〔じゃ、あんたはなんなのさ。大酒のみの淫乱で自堕落なクロちゃんじゃないの。反戦の勇士どころか、女の子の尻追い回してるだけじゃないの〕
ジェリー　What!（つかみかかろうとする）
弦　ジェリー、リッスン。（耳元にささやく）
スチーブン　Jesus Christ, who taught you to talk like that?
ジェリー　Really?〔本当か〕
弦　レッツ、ゴー。ハーリーアップ。

ジェリー　ＯＫ！
純一　道はわかっているのかい。
弦　なんたって、万博のお陰で、日本列島くまなく高速道路。
清家　弦君。「た」ナンバーの車に注意しろ。
弦　「た」ナンバーは公用車。覆面パトカーには十分注意。（出ていく）
ジェリー　（かしこまって）ミナサン、オセワニナリマシタ。
弦　母さん、ジェリー、和歌山に行くよ。
伸枝　……。
弦　（段ボールを持って）注意一秒怪我一生。安全運転で行ってまいります。
純一　大きな声を出すな。電気屋に気づかれたらまずい。
成瀬　気をつけて行けよ。

伸枝を残して、みんな、玄関に出ていく。
伸枝は仏壇に水をやり、手を合わせた。
「ああ、行った、行った」と成瀬と紘子、入ってくる。

純一　（入ってきて）弦もやるなあ。一言囁いたら、ジェリー行く気になりやがった。なにを言ったのかなあ。

紘子　それが世代間のギャップってもんです。
成瀬　スチーブンは？
純一　トイレ。
紘子　（小声で）成瀬さんが、スチーブンが怪しいって。
純一　怪しい？
成瀬　なんで日本語があんなにうまくなったんだ。軍隊に帰ってスパイとして訓練を受けてきたんじゃないか。
純一　一年、日本で放浪してりゃ、うまくなるさ。人を疑ってかかるの、やめよう。
紘子　ジェリーだって、スチーブンは海兵隊に戻ってたんじゃないかって。
伸枝　（仕事をやめて）なんでジェリーなんて最低な奴の言うことを信じちゃうの？
成瀬　脱走兵を匿っている我々は、日本の法律に違反しない。しかし、米兵のほうは監獄が待っている。
純一　……脱走兵を受け入れるたびにスパイではないかと疑う。そのうち、匿うことを申し出てくれた日本人をも疑い出す。仲間が人間の顔を失った時、その組織も人間の顔を失う。人間を愛するために作られた組織が、仲間をソーカツすることになる。
成瀬　僕は過激派学生じゃありませんよ。
純一　（入ってきた清家に）いや、和歌山のみかんもぎなんて気がつきませんでした。
清家　いいご夫婦でね。事情を知って電話をくれましてね。（伸枝に）薬屋、近くにありますか。

仲枝　薬屋？　ガソリンスタンドの先、左に曲がったとこ。
清家　スチーブンがコデインて薬が欲しいって。
仲枝　コデイン？
清家　野宿して風邪を引いたらしい。

遠い雷。スチーブン、入ってくる。

成瀬　スチーブン。君はコデインを買ってくれと頼んだそうだな。
スチーブン　……。
紘子　コデインが麻薬の代わりになるって、アメリカのドクターじゃなくても知ってるのよ。
スチーブン　……。
純一　君はこの一年、日本のどこにいたんだ？　どうやって食べていたんだ。
スチーブン　いろんな人が食べ物をくれたり、女の人も泊めてくれた。
紘子　二年前、野宿してたあなたは、ものすごく臭かった。……ジェリーも、ヘロインやってる人の匂いだって言ってた。
スチーブン　Fuckin' nigger!〔あのクロん坊が！〕
仲枝　スチーブン。あんた、海兵隊に帰ったのね。
スチーブン　……。（こっくり）

純一　なんだって？

伸枝　コート長崎で取られたなんて、くずかごに棄てて海兵隊の制服に着替えたの！

スチーブン　僕は日本でアメリカ国内でも戦争に反対している人たちのいることを知りました。でも僕は、みんなにスパイだと疑われたし……ならば軍隊に帰って……How do you say comrade?

紘子　戦友。

スチーブン　センユウに、この戦争がよくないことを伝えようと思いました。

純一　それで？

スチーブン　（首を振って）軍隊の中でレジスタンス、なんかしたら、ロンビン刑務所でリンチになるって言われて……。

純一　それで？

スチーブン　俺たちブラボー中隊は……Land mined field.

紘子　地雷原。

スチーブン　ジライゲンで、吹き飛ばされてセンユー二人の肉はミンチになって飛び散ったよ。

伸枝　（近づいて）でも、ソンミ村の老人と女子供を五百人虐殺したカーリー中尉みたいなこと、あんたはやってないわね。

スチーブン　……。

伸枝　やってないわよね。

純一　よせ。ソンミの虐殺みたいなことはベトナムじゃ日常的に起こってるって。

仲枝　あんたは無抵抗の女子供を殺したの？
スチーブン　……僕は、隊長の命令で、たくさんの人たち殺しました。
仲枝　ゲラウト！
スチーブン　オカアサン。（前に座る）
仲枝　わたしはあんたのお母さんじゃない。出てって。
純一　仲枝！
仲枝　女子供を殺しにベトナムに戻った兵隊をこの家に置いとけないわ。
清家　彼を基地に帰したら、また、ベトナム人を殺すことになるんだよ。
仲枝　そうして、ゲリラに殺されればいいんだわ。
純一　お前は戦場に行ったことがないから、そんなことが言えるんだ。戦場で上官にあの村を焼き払えと命令されたら、従うより仕方ないだろう。
スチーブン　はい。ジョーカンの命令に従わないと、リンチに遭うか、殺されます。
仲枝　日本はアジアで十五年、戦争をした。ベトナムの人たちは、もう三十年、攻め込まれてるのよ。フランス、日本、またフランス、そして……。
純一　しかし、責任はベトナムに介入を始めたケネディと軍の高官たちだよ。つまり、こいつは被害者だ。
仲枝　こいつが被害者。（スチーブンのシャツの襟を摑んで仏壇の前に引きずってきて）そんなら、極東軍事裁判、やり直してよ。

スチーブン　キョクトウ、なんですか?

紘子　International Military Tribunal for the Far East.

伸枝　あの裁判であんたたちは言ったわ。「残虐行為はたとえ上官の命令でも絶対にやってはならない」って。

紘子　You should never commit atrocities even when ordered by your superior.

伸枝　(仏壇を指して) 私の兄さんは、猛兄さんは上官の命令で、イギリス軍の捕虜を殴って、それでチャンギー刑務所で絞首刑にされたの。

紘子　Her brother was hanged in Singapore for hitting British POW's. He was following an order.

成瀬　残虐行為で死刑になったBC級戦犯は九百人だ。

伸枝　あんたたちアメリカの兵隊が上官の命令だったから仕方ないというなら、極東裁判やりなおしてよ。私の兄さんの上官にも上官がいる。そのまた上官をさかのぼれば大元帥陛下じゃないの? どうして占領軍は……

激しい落雷と雨。

スチーブン　僕はベトナムの村でおばあさん、子供が撃ち殺されるのを見ました。……死体や怪我人を見ると、クレージーになるよ。

純一　それで麻薬に手を出したのか？

スチーブン　怪我の治療でドラッグを手に入れたセンユーと一緒にマリファナを吸った。でも、あいつは死体になって帰ってきた。で、僕はヘロインに助けを求めた。アーミーは僕を……mental disease.

紘子　精神病。

スチーブン　セイシンビョウだと、横須賀のホスピタルに入れた。

成瀬　そこから逃げてきたんだな。

スチーブン　この家を出た僕は馬鹿だと思ったよ。

清家　スチーブン、日本じゃ麻薬は許されないんだよ。

純一　まいったな。麻薬か……。（と、煙草に火をつける）

紘子　麻薬っていっても、いろいろあるわ。医学的に言えば、マリファナより煙草のほうが、習慣性があって体に悪いのよ。

純一　（あわてて煙草を消す）

伸枝　あら、雨だわ。（ガラス戸に寄る）

スチーブン　ベトナムで、ドラッグのことなんか誰も問題にしなかったよ。戦争は普通の神経じゃ、やってられない。薬を使うことで、楽になって人殺しをした。

純一　麻薬は健康に悪いというが、そりゃ戦争のほうが体に悪いわな。

伸枝　私なんかヒロポンやられてた。

純一　ええ！

伸枝　眠気をなくし、疲労感を軽減するって、軍医さんが……。

紘子　軍需工場で徹夜で働かすために使われた硫酸メタンフェタミン。戦後、それが市中に出たんです。

清家　しかし、今の日本は戦時中じゃないからね。

　　　そこへ、玄関が開く音。

純一　誰だろう。（出ていく）

伸枝　（スチーブンに）部屋に隠れて。

スチーブン　ボクハナニモシラナイ。

　　　スチーブン、部屋に入る。
　　　そこへ、「なにぃ、ジェリーが捕まった？」という純一の声に、思わず立ち上がる人々。
　　　ずぶぬれの弦がしょんぼり、純一と入ってくる。その後ろにずぶぬれのアキ。

伸枝　どうしたの。

弦　和歌山に行く前に、アキちゃんに会わせてやるって言ったんだ。

純一　それで奴はすんなり車に乗ったのか。
弦　アキちゃんがモーテルで待ってるって言うんで……。
純一　それでモーテルで捕まったのか！
伸枝　馬鹿ぁ。
アキ　ＯＮＩ、軍警察が座間からあたいをつけてるなんて知らなかったから。

アキ、「ウェーン」と泣き出す。

アキ　ジェリーが死んじゃう。ジェリーが殺される。
清家　殺されやしないよ。
成瀬　だいたい、反戦の闘士が娼婦のところでパクられたなんて……。
伸枝　……資金カンパをくれる人にどう言えばいいの。

沈黙。
隣りから「国際線待合室」、聞こえてくる。
清家が、電話をかける。

弦　（アキに）もう泣くのよせ。おい、風呂場で体を拭けよ。（連れていく）

清家　もしもし、私東京の清家と申しますが。ああ、どうも。もう、みかんの取り入れ始まってるんですか。……便所を水洗に改造した?……いや、それが急に具合が悪くなりましてね。……そうなんですよ。……。そんなわけでして、残念ですが。はい。ご主人様にもよろしくお伝えください。（切る）

純一　残念だな。

清家　せっかくの厚意なのに。

純一　中国から残留孤児たちが帰ってくるたびに、恥ずかしくなる。僕らは「白人の支配するアジアの解放だ」なんて騙されて、中国でひどいことをした。なのに、満州に日本人が残していった赤ん坊を引き取った人たち。彼らは国の命令で日本人の赤ん坊を育てたわけじゃない。

清家　終戦までは彼らを虐めた日本人の子供ですからね。

純一　……残留孤児のニュースを見るたび、ちゃんとした教育も受けてない満州の農民のほうが僕らよりずっと気高い精神を持ってたんだって、恥ずかしさが体中を巡る……。

清家　中国の文部省が道徳教育をしたから引き取ったわけじゃない。

純一　でも、和歌山のみかん農家の申し出を聞いて、なんか日本もまだ棄てたもんじゃないなって、そう思ったのに……。

ブザーの音に純一、出ていく。

純一の声　何だ、君か。おーい。木谷君が帰ってきたよ。
清家　どうだった？
木谷　（入ってきて）パリではね。一九六二年まで続いたアルジェリア戦争の脱走兵を国外に出したグループに会いました。
伸枝　どうやって、アルジェリアから出したの。
木谷　パスポートの偽造です。
成瀬　パスポートの偽造か。
木谷　それしか彼らを国外に出す方法はありません。
成瀬　（ガラス戸を開けて）うるさい！　何が国際線待合室だ。
木谷　ヨーロッパは地続きです。だから、「大いなる幻影」でジャン・ギャバンはアルプスを越えれば、スイスに逃げられた。日本は海を渡るか後は空を飛ぶか。飛行機だとすると空港から出る以外ありません……。
清家　僕もそれしかないなと思っていた。
伸枝　パスポートの偽造なんて。
木谷　やっちゃあいけないんですか。
伸枝　あたしたちは違法行為なんかしてないのに、べ平連は反共暴力集団だってアカハタに書かれたでしょう。もし、パスポートの偽造なんかしたら……。
清家　公文書偽造か……。

木谷　出入国管理令違反。

仲枝　……私たちは普通の市民としてできる限りのことをする。

成瀬　うん。日本の企業がベトナム戦争で使われる兵器を作っている。その企業に勤める人たちは殺人を犯している。だから、その会社に爆弾を仕掛けてもいい。そういうふうに論理を進めていくと……。どう言ったらいいのかな。

清家　今や政治の季節が去って、孤立した活動家たちの運動は過激になっていってるのは確かだ。

木谷　ベルリンの怪しげなぼろアパートで会った爺さんは、僕に他人のパスポートを盗んだ話をしてくれました。いたずらをした子供のように。

紘子　マフィアの手先かなんかじゃないの、その人。

木谷　なんかインチキくさくて、僕もその家を早々に引き上げました。帰りの車の中で、案内してくれた若者が言うんです。あの爺さん、あの手口でドイツ占領地域からユダヤ人を何百人も逃がしたって。

沈黙。

木谷　歴史がちがうって思いました。ヨーロッパじゃ、今世紀の初頭から政治亡命者や迫害された人間を市民が匿った長い歴史がある。

清家　僕たちは、軍隊から脱走したこともなけりゃ、王様の首をちょんぎったこともない。

木谷　ある時代の一つの行為が正しかったかどうかは、後の歴史が決める。そう思いました。
成瀬　しかし……。
木谷　もう、討議するのよしましょう。
伸枝　どうして？
木谷　この場で討議すると、ジャテックという組織が偽造したことになります。だから、僕が一人でやります。
清家　君一人で？。
木谷　日本の空港からパリに脱出するには、四つの作業が必要です。
純一　四つの作業？
木谷　四つの作業を技術的にこなせる四人と僕は点で繋がります。……これ以上は言いません。今日は解散しましょう。
清家　わかった。
紘子　木谷さん、新宿に出るのでしょう。
木谷　ちょっと先生とお話してすぐ追っかけます。
清家　わかった。行こう。
成瀬　お邪魔しました。

三人、出ていく。

伸枝　スチーブン、見てくる。（部屋に入る）
純一　なんだい。
木谷　彼らの作ったパスポート、もらってきました。（鞄から出す）スタンプなんか、絵心のある奴が手で模写してるんです。
純一　（見て）雑だな、こりゃ。
木谷　こんなんで一度もイミュギレーションでひっかかったことないって。
純一　つまり、入関のところでまじめにチェックなんかしてないんだ。
伸枝　（カセット・テープレコーダーを持って出てきて）ぐっすり眠ってる。
純一　そうか。
木谷　先生ならもっとうまくできるでしょう。
純一　そういうことか。
木谷　外国人のパスポートは用意します。どこから手に入れたかは、聞かないでください。
純一　わかった。

「じゃ」と木谷、出ていく。
純一、テープレコーダーのスイッチを入れる。
ボブ・ディランの「風に吹かれて」。

伸枝　ねえ。
純一　なんだ。
伸枝　……私、暗いところは怖いし、痛いことには我慢できないわ。
純一　……同じさ。
伸枝　もし警察に捕まったら、あることないことみんな喋っちゃう。
純一　馬鹿。たいした罪にはならん。それより……
伸枝　それより？
純一　このことは、後の人々がベトナム戦争に対する判断をつけるまで封印しようと思うんだ。
伸枝　……。
純一　なあ、辛くなったら、楽しくなくなったら、やめよう。
伸枝　楽しい？
純一　そう。僕たちは、どっかで、正しく生きなきゃいかんと思ってきた。でも、倫理で自分を追いつめると辛くなるし、シンドイことから逃げてる仲間を非難するようになる。奴ら脱走兵たちから唯一学んだことがそれだ。
伸枝　たしかに、スチーブンたちのほうが自分の欲望に素直だわ。
純一　嫌なことはやらない。好きなやり方でやる。楽しくなくなったら、休もう。
伸枝　そう。テニスやるよりおもしろかったから、始めたんだった。

純一　楽しいと正しいは一字ちがいだけど、天国と地獄のごとくちがう。

伸枝　うまい！　座布団、五枚！

Ｂ52の爆音とともに暗くなりバックライトの中、部屋が鉄格子の牢獄になる。ギー、バタンという鉄扉の閉まる音がして、囚人服のジェリーが出てくる。

ジェリー　I was taken to Yokosuka from Camp Zama that day. They put me to solitary confinement for felony criminals.

紘子　僕はあの日、座間キャンプから横須賀に連れて行かれ、重罪犯人用の独房に放り込まれました。

紘子が通訳を始める。

ＭＪＱの「ジャンゴ」、聞こえてくる。

ジェリー　The ONI took me out and they forced me to sign a trumped-up testimony. Once I signed the testimony, I was turned over to the Marine. They sent me to Hawaii and put me to forced labor. The labor was to write back to those all over the country who have written patriotic letters to the Apollo 11 heroes. After that, I was sent to an island off California and was locked up in a cell. There was an inmate over there who was beaten up all the time. One night, he was beaten to death. They made us other inmates sign a written oath that we'd never tell anyone or write about what we've seen and they let us go. The twenty-one-year sentence I was given at Leavenworth was offset by our 'cooperation'. I wonder if the name of that guy who was beaten to death on that island would be engraved on the Vietnam War Veterans' Memorial in DC. I'm on the other side of the globe, thousands of miles away from Tokyo, O-ka-asan. I'm missing the late snack, the Japanese noodle, you used to cook for me.

紘子　それから、ＯＮＩに連れ出され、でっち上げの供述書にサインさせられました。サインすると僕の身柄は海兵隊に手渡され、ハワイに移送され強制労働につかされました。仕事の中身はアポロ十一号の英雄たちに代わって、全国民からの愛国的お便りの返事を出すことでした。次にカリフォルニア沖の島に送られ、独房に入れられました。そこに始終殴られている囚人がいて、ある夜、殴り殺されてしまいました。ぼくらは、目撃したことを絶対に誰にも言わず、書かないという誓約書に署名させられ釈放されました。レヴェンワース刑務所で言い渡された二十一年の刑は、僕らの「協力」のお返しに帳消しとなりました。あの時に殺された男の名前もあのワシントンのベトナム戦没者記念メモリアルの壁に刻まれるのでしょうか。今、トウキョーから一万キロ離れた地球の反対側で、オカアサンが夜中に作ってくれた皿うどんの味を懐かしく思い出しています。

6　一九七一年八月

ひまわりが咲いている。

木谷と純一、伸枝、スチーブン、清家。

木谷　（ブリーフ・ケースを開けて）これがパスポート。エアー・チケット。

純一　航空券のほうは偽造じゃないだろうね。

木谷　ドル・ショックで助かりましたよ。なんてったって、一ドルが三百二十円に下がったんだもの。

伸枝　ねえ、どうしてドルが暴落したの。

木谷　ベトナムとアポロ計画にドルをつぎ込みすぎたんですよ。

スチーブン　私は、トロント大学を出てパリに行くビジネスマンです。

清家　おいおい、日本語を喋るな。

田宮の家から尾崎紀世彦の「また逢う日まで」が聞こえている。

弦が「時間ですよ」と成瀬と入ってくる。

スチーブン　はーい。あれ、成瀬さん、ハノイに行ってたんじゃなかったの。

成瀬　（指さして）アメリカのデビルがナパーム弾を降らせたハノイから帰ってきました。

スチーブン　次にベトナム行くとき、僕たちが壊した橋を架けに行きます。
成瀬　戦後の東京とそっくりに破壊されつくされたハノイから、高度成長を謳歌している二十五年後の東京に帰って来て、町の汚さに反吐が出たよ。どぎつい赤や黄色のイルミネーション。町中に溢れる神経を逆なでする音楽。したり顔でシラケなんて言ってる希望を失った人たち。
木谷　弦君は空港の入り口まで。中には入るな。
スチーブン　復唱します。エール・フランス、テヘラン経由パリ行き。
木谷　ドゥ・ゴール空港には、向こうのメンバーが待ち受けている。
成瀬　無事、通関を越えたのは誰が確認するの？
弦　それを知っているのは木谷さんだけ。
伸枝の声　スチーブン、ちょっと。
スチーブン　はいはい。（と、二階に去る）
純一　（スーツケースを持ってきて）おい、大きな声を出すな。（弦に）寄り道するんじゃないぞ。
弦　わかってるって。
清家　岩国に行ってきたんだって。
成瀬　岩国基地には、核兵器の貯蔵庫があるんだろ。
弦　いえ、僕は反戦喫茶「ほびっと」開店のお手伝い。
木谷　ヤンキー・ゴー・ホームじゃなくて、ＧＩ、ジョイン、アス。それが「ほびっと」の冒険。
純一　そうなんだ。米軍基地の周辺で米兵が強姦事件を起こすと、革新政党が音頭をとって国中でヤンキー・ゴー・ホームの大合唱だろ。

木谷　戦時中も戦後も、アメリカ兵はいつも日本の敵。

弦　五月五日の子供の日にゃ、たこ揚げ大会をやったんだぜ。

成瀬　たこ揚げ?

木谷　ジェット・エンジンは、飛んでる鳥を吸い込んでもエンジン・トラブルを起こすからね。

弦　ああ、岩国基地の滑走路の端の錦川から凧を揚げたんだ。いい天気でさあ。風もあってかなりよく揚がってね。なにしろファントムの発進を一時間、止めたんだからね。

成瀬　ハハハハ。子供の日に、たこ揚げ大会か。

純一　機動隊はお越しにならなかったの。

弦　それが笑っちゃうんだ。二、三十人の俺らに広島、山口から六十人を超える警官がかり出されてさ。それが田舎のおまわりさんだろ。俺らのたこ揚げを見物しながら、「結構よく揚がるやん」って感心したり、「こうすりゃもっと高く揚がるぞ」て応援したり、「せっかくの連休なんやから、家に帰らせておくれ」て泣き言並べたり。

木谷　ポリスマン、ジョイン、アスだな。

スチーブン、降りてくる。

弦　かなりなお年の警官がさ、おまえらは信念を持って戦争に反対してるからいい。うちのせがれときたら、親に小遣いせびるだけでなにもしやしないって、この俺に愚痴言うんだぜ。

木谷 そういう若者を六無主義者と言います。

スチーブン ロクムシュギ?

木谷 無気力、無関心、無責任がイザナギ景気時代の三無主義。今の若者は、その上に無教養、無学力、無感動が加わって六無主義。

成瀬 体制に反抗する根性ないから、親に反抗しやがって……。

弦 「ほびっと」立ち上げた奴らは根性あるぜ。奴らの朝飯は、近くのパン屋で分けてもらったビニール袋一杯の食パンの耳だけ。

伸枝 (追いかけてきて) スチーブン、テープ忘れてる。

スチーブン ああ、フランスで買います。それ、僕の形見。

木谷 テープが形見たあ、大げさだな。

弦 ねえ、みんなで記念の写真を撮ろう。

伸枝 撮ろう、撮ろう。

純一 駄目だ。なんかあったら……。

伸枝 でも、これで二度と会えないかもしれないのよ。

スチーブン もし、捕まってもぜったいこの家のことは喋らないよ。

純一 いいや、喋ってもかまわないんだよ。出入国管理令違反なんてたいした罪じゃない。

弦 これにて一件落着。(出ていく) スチーブン、行くぞ。

清家　弦ちゃん変わったねえ。
仲枝　今や、インテリ弦ちゃんて呼ばれてます。

そこへ「こんにちは」とけばけばしい衣装のアキ。

仲枝　あら、アキさん。
アキ　「イントレピッド四人の会」で聞いたの。スチーブン、（ドル札を渡して）これ、餞別。
スチーブン　僭越ですか？
アキ　センベツ。フランスに着いても、働けるようになるまで大変でしょう。
スチーブン　いや、あなたからはもらえないよ。
アキ　ああ！　あんた、肉体労働者をキャベッすんのね。
スチーブン　いや……。
アキ　このドル。元はと言えば、アメリカ合衆国の税金だから。
スチーブン　ありがとう。ジェリーとは連絡取れませんか。
アキ　うん。無理みたい。
仲枝　スチーブン。
スチーブン　はい。
仲枝　なんて言ったらいいかわかんない。

純一　いつか、きっとまた会えるよ。
スチーブン　ジャーニー。
木谷　見送りは玄関までにしてください。

人々、スチーブンを見送りに出ていく。
飛行機の爆音で一瞬暗くなる。
成瀬と清家、純一、戻ってくる。
そこへ、電話。
みんな、立ち上がる。

伸枝　（出て）弦ちゃん。うん。ええ！　無事飛び立った。よかったぁ。

みんな、木谷と握手する。
再び、飛行機が飛び立つ音とともに、人々、シルエットになって、マフラーを巻いたスチーブン。

スチーブン　僕はエール・フランス機のステップを登り切ったところで立ち止まり、振り返って誰かはわからないけれど、送迎デッキに立って僕を見届ける係りの人にむかって手を振りました。なんだか、送迎デッキにいる日本人全員が僕の安全な空の旅を祈って、手を振ってくれているような気がしました。……ソ連もフランスもスウェーデンも僕たち脱走兵に援助の手を差し伸べてくれました。それに引き替え、日本政府は我々を犯罪者扱いしました。革新政党も我々を匿ってくれませんでした。その一方、ひとりぼっちの日本人たちがなんの利益もないのに、僕たちに精いっぱいのことをしてくれました。……タクシーに乗せたアメリカ兵に戦場に帰りたくないと言われ、それならと六畳一間のアパートに連れ帰って三日、四日と兵士を匿ったタクシーの運ちゃん。自分と寝た黒人兵がもうベトナムには行かないと言ったので、商売抜きで同棲を始めた心優しい職業婦人たち……。あ、このマフラーね、なんてったっけ、お隣りの電気屋さん、あのおっさんがスウェーデンは寒いからってくれたんです。

遠くから、懐かしい声が聞こえてくる。

「仲枝さん、ちょっと休んだら」「お疲れさまでした」「寒くなりますから風邪、引かないように」などの声。

人々、去り、純一と仲枝が部屋に残る。

もう一度、飛行機の爆音が聞こえるともう夜だ。

仲枝　（ガラス戸から空を見て）スチーブン、今、どのあたりかしら。

純一　（時計を見て）まだ、ベトナムの手前さ。

仲枝　フランスじゃあ、月に一度だけ警察に顔を出せば自由なんですってね。

純一　自由ってことは、乞食になる自由でもあるからな。これからが大変だ。
伸枝　仕方ないわ。世界中でこの五年間に脱走兵、三十五万人を越えたって。みんなを食わせてやるって言ったら、とめどもなくやって来ちゃうもの。
純一　三十五万人ねえ……。我々が国外に出せたのはその中のたったの十六人。
伸枝　なあに。
純一　ご苦労さん。（と、肩をもむ）
伸枝　ああ、そこそこ。
純一　匿った家庭じゃ、主婦が一番苦労したからね。
伸枝　離婚した家もあるんだって。
純一　我が家だって崖っ淵まで追いつめられた。

ガラス戸がガタンと田宮。

伸枝　ああ、びっくりした。
田宮　抱きしめた肩を今じゃもんでいる。
伸枝　もううちには買うものありませんからね。
田宮　見るだけでいいからさ。（カタログを出す）
伸枝　なあに。

田宮　自動餅つき機「もちっこ」。ねえ、餅米が四十分で蒸し上がって、十分で、奥さんみたいなもち肌のできあがり。

純一　馬鹿言ってんじゃないよ。

田宮　やっぱり買わないか。

純一　当たり前だ。

田宮　辺りが前なら、近所は隣り。ジャーニー。（去っていく）

仲枝　（ガラス戸を見て）ねえ、星がいっぱい。

田宮、「別れの朝、二人は……」と去る。
仲枝、カセットのスイッチを入れる。
ビートルズの「レット、イット、ビー」、聞こえてくる。

仲枝　スチーブンが正々堂々とアメリカに帰って、家族と再会できる日、くるのかしら。

純一　まず、戦争が終わらなきゃあな。ところが、どう終わるかもわからない。

仲枝　戦争を始めるのは簡単なのに、やめるのは……。

純一　スチーブンを合衆国が受け入れるのに、さあて、三十年か……。

仲枝　三十年？　スチーブン、五十よ。

純一　弦も五十で、息子に手を焼いてる父親になってるか。

伸枝　フフフ、あたしは七十であなたは……。
純一　よせ。考えたくもない。
伸枝　匿われている兵隊、何人ぐらいいるの。
純一　いろんな町で、それぞれが活動してるから、正確な数字なんか誰もわかっちゃぁいないだろう。
伸枝　今も、誰かのアパートで、学生の狭い下宿で、酒飲ませろ、女が欲しいってわめいていますか。
純一　奴らにとって、俺たちゃ、堅苦しくて自分らの価値観を押しつける嫌な大人だったろうな。
伸枝　あの子たちのほうが自分の欲望に素直というか、柔らかく生きてる。
純一　なあ、来週、温泉にでも行くか。
伸枝　宮崎、行こうか。
純一　おいおい、宮崎っちゃ新婚旅行のメッカだぜ。
伸枝　いけない？
純一　そうか。俺たち、新婚旅行もなかったな。

そこへ、電話が鳴る。

二人、互いに相手に出ろと手を振る。

百二十万の死者とベトナムの森林の四分の一を枯らしたあの戦争が終わるのは、この四年先の一九七五年のことである。

音楽、高鳴って。

上演記録

■場所　紀伊國屋ホール
■日時　二〇〇一年六月二十日（水）～七月一日（日）
■スタッフ
作　斎藤　憐
演出　西川信廣
美術　朝倉　摂
照明　森脇清治
音響　小山田　昭
音楽　後藤浩明
衣裳　宮本宣子
演出助手　道場禎一
舞台監督　伊達一成
制作　小野伸一／伊藤暎／北川義浩
イラスト　花岡道子
宣伝美術　市川きよあき事務所
製作　株式会社仕事
■キャスト
檜山純一　山本　圭
仲枝　倉野章子
弦　進藤健太郎
清家　佐藤正文
アキ　山口千恵
鴻池紘子　志磨真実
成瀬　松下　惇
木谷　赤羽秀之
スチーブン　キャメロン・スチール
ジェリー　ポール・オークリー・ストーバル
田宮さん　森山潤久

脱走兵は国家に背を向けている

この六月の十七日、元米軍兵士ジョン・フィリップ・ロウが日本にやってくる。

彼がパリに向け羽田空港から出国したのは一九七〇年暮れだから、三十年ぶりの日本だ。

フィリップ・ロウは、看護兵として横浜の岸根野戦病院に配属され、傷病兵の看護をする中でベトナムでの「汚い戦争」を知った。

一九六八年暮れに米軍を脱走したロウは、JATEC《ジャテック》（反戦米脱走兵援助日本技術委員会）に助けを求めた。それから二年間の日本での生活の様子は、彼を家に匿った英文学者の氷川玲二と日高六郎が『となりに脱走兵がいた時代』（思想の科学社刊）に書いている。

実はジョン・フィリップ・ロウという名前は偽名だ。

脱走中に彼は、軍隊内の非人間的生活を小説「われらが歓呼して仰いだ旗」に書いたが、一九七〇年に雑誌『すばる』に連載する際、登場人物の名前をそのままペンネームにした。

恩赦が下って母国アメリカに帰還し、医療関係の仕事に携わっている彼は、今なお、自分が脱走兵だったことを隠している。ベトナム戦争を「アジア解放戦争」だったなどと歴史を捏造する学者などいない国でも、脱走兵たちの多くは自らの過去を消して生きている。

自由の国アメリカが、いまも彼らの手紙を検閲している。

貧しいアジアの小国に、ナパーム弾と枯れ葉剤を降らせた兵隊たちが「当たり前の人間」で、たった一人でも大義もない人殺しを拒んだ勇気ある者たちは「非国民」なのだ。

アルジェリア戦争、アフガン戦争、ベトナム戦争といった許し難い戦でも、人殺しをした兵士の方が、弱い者いじめを拒否した若者より圧倒的に多いのだから、脱走兵はいつもマイノリティーだ。

フィリップ・ロウが脱走した一九六八年、三つ年上のビル・クリントンはジョージタウン大学を卒業して、英国のオックスフォード大学に留学している。

ビル坊っちゃまはCO(Conscientious Objection＝良心的兵役拒否)を申請して、ベトナムの戦場に行かなかったのにアメリカの大統領まで上りつめ、地方都市の下層階級やアフリカ系の青年たちはそんな抜け道も知らず、戦場で戦死するか、殺戮の記憶の中で今ももがいている……。

そのクリントン米大統領が昨年十一月、枯れ葉剤の後遺症の残るベトナムを訪問し、歓迎式典で「両国が共有する痛み」とあの戦争を表現した。ベトナム政府がカムラン湾を米軍基地に提供するという新聞記事を読んで、僕は脱走兵たちの芝居『お隣りの脱走兵』を書きはじめた。

あの戦争を阻止しようと闘い倒れた若者たちが忘れられようとしているが、劇場は鎮魂歌を歌うことのできる唯一の場所だから……。

近代に入って劇場は「情報の伝達」という機能をマスコミに譲った。しかし、テレビが権力の介入を怖れて報道を自主規制するとき、僕たちに残されているのは演劇というミニコミだからだ。

三十年前、米国と軍事同盟を結ぶこの国で脱走兵たちを匿った人々が、『お隣りの脱走兵』の上演に合わせて、フィリップ・ロウを日本に招待した。

脱走兵の存在は、インチキ民主主義者の化けの皮をはがすリトマス試験紙だ。

一九六八年十一月、CIAのスパイがジャテックに潜入し、根室港から船で脱出する直前に北海道警のパトカーに包囲され、脱走兵ジェラルド・メイヤーズが米軍警察に逮捕された。

『サンケイ新聞』は「ベ平連地下組織にメス・これが米兵の脱走ルート」「アジトに教授や外交官宅」と書き、『読売新聞』は「脱走米兵援助組織『ジャテック』の全容」「これがモスクワへのルート」と、戦中を思わせるような誹謗記事を掲載した。

『となりに脱走兵がいた時代』の聞き書きをした関谷滋は、この運動に携わったたくさんの人々をこう描写する。「LLサイズの服や靴を調達した人」、「医者を紹介した人」、「経営するラブ・ホテルの部屋を提供した人」、「ジャテックへのかかわりが明るみに出た人を職場などで支えた人」などの例を挙げ、最後に「そして、知ってて黙っていた人……」と書き記す。

先年公開された、ユダヤ人を収容所から救った人物を描いた映画「シンドラーのリスト」は日本で大評判だったし、リトアニアのユダヤ人に不法にビザを発給した杉原千畝さんを描いたテレビ・ドラマを茶の間で見るだけなら楽だ。

米国と軍事同盟を結んでいる国の国民が、米軍からの脱走兵を匿うことを非難するなら、日独防共協定を結んだ日本国政府の意向に背いてビザを発給したリトアニア大使を売国奴だと罵るべきだ。

一九七〇年、フィリップ・ロウをスウェーデンに送り出す方法を探りに、英仏語に堪能な一人の青年がヨーロッパに旅立っている。彼はフランスではアルジェリア戦争の脱走兵を匿った組織の人たちや、ナチスの強制収容所で証明書の偽造をしていた老人に出会っている。

ヨーロッパでは、国家に敵対する脱走兵を市民が匿った歴史は古い。第二次世界大戦中のアメリカ兵の敵前脱走者だって四万人はいる。

日本は島国だから、この国から脱走するには飛行機か船しかない。国境線のある国で脱走すれば、簡単にスウェーデンやフランスに行けるのにと僕らは思ったものだ。

しかし、多くの脱走兵が日本に亡命を求めたのは、この国に憲法第九条があるからだ。戦争を放棄した国家は、戦争を放棄した我々を受け入れてくれるはずだ！

しかし、日本政府はもちろん、ベトナム戦争反対を唱えていた革新政党も労働組合も、脱走兵を引き受けなかった。何故か？

脱走兵は自国だけでなく、国家そのものに背中を向けた存在だからだ。

一九六七年十月、米空母「イントレピッド」から脱走した四人の水兵を、ソ連政府は受け入れ、モスクワでテレビ出演させ、米帝国主義批判キャンペーンの役を担わせて各地を回らせた後、スウェーデンに入国させた。

しかし翌年、米空軍のパイロットか原子力潜水艦の乗組員以外は引き受けないと通告してきた。

その年の八月二十日、ワルシャワ条約軍五十万がチェコ・スロバキアに侵攻しているからだ。もし、ワルシャワ機構軍の中に、もう一つの「汚い戦争」からの脱走兵が出たらどうする？　現に、この年、チェコ全土を制圧したワルシャワ機構軍からスウェーデンに脱走したソ連軍兵士が現れている。

たとえば、テロ集団が何万人を殺しても国家は安泰だ。しかし、戦場から脱走兵が出た事実を国家は必死で隠そうとする。頑丈に作られたダムに小さな穴が開いたら、その穴に殺到する水が穴を広げ、あっという間に巨大なダムも崩れ去る。

だから、国家を空気のように思っている僕たちが、戦場に行くことを拒絶した時、国家はその姿を現し、社会は非国民のレッテルを貼る。祖国から脱出してみると、この地球上の陸地はすべていずれかの国家の領土で、逃げ場のないことに初めて気づく。

国家というものは、一人一人の人間を抑圧する暴力装置だとしたマルクス主義者も、指導部と組織を作り、運動を進めていく中で、組織を守ることが至上課題となっていく。

一九六九年七月。日本共産党は「べ平連は反共暴力集団」との論文を発表した。

スウェーデンに脱出したアフリカ系の海兵隊員T・ホイットモアはその著書『兄弟よ俺はもう帰らない』にこう書いている。自分たちを通過させてくれたソ連には宣伝目的があり、受け入れてくれたスウェーデンにも利益があった。日本国は我々の仲間を米軍に引き渡した。「日本の人たちにお礼をいいたい。なぜなら、日本人は私を一人の人間として助けてくれたからである。ただの人間が、もう一人のただの人間を助けてくれたからである。そしてそこにはなんのヒモもつけられてはいなかった」(吉川勇一訳)。

あのころ、僕の回りにも自動車を持っている人は少なく、脱走兵の移動には苦労した。若者たちの家には、電話がなく電報で連絡をとっていた。

どこの家にも自動車があり、若者たちは携帯電話を持っている今だったら、どんなにか楽だったたろと思う。しかし、今再び、在日米軍がどこかで戦争を始め、日本の基地から次々に米兵が逃げ出してきたら、今の日本の若者たちは脱走兵を匿うだろうか？

脱走兵たちの書き残したものの中に、三十年前の日本人が出てくる。

基地を出て野宿している米兵にコートを掛けてくれた人、食べ物を分けてくれた日本人、車に乗せた米兵が脱走兵だと知って自分の部屋に連れ帰って風呂に入れたタクシーの運転手、匿ってくれた娼婦たち……。そんな日本人たちはどこに消えたのだろう？

政治が腐敗しようが、税金の無駄づかいが続こうが、デモ一つ起こすでもなく日がな一日メル友との情報交換で時を過ごし、ホームレスの老人を襲う若者たち……。


僕は、『お隣りの脱走兵』の時間を一九六八年から七一年に設定した。

この時期に、何かが終わり、何かが始まったような気がしてならないからだ。

一九六八年は、原子力空母エンタープライズの佐世保入港阻止闘争で年が明け、二月には民族解放戦線のテト攻勢と王子野戦病院反対闘争。三月にはソンミ村の虐殺が起こり、米兵の脱走が続いた。四月にはキング牧師暗殺。五月、チェコ・スロバキアでは二千語宣言、パリではカルチエラタンで学生たちが市街戦を演じた。六月には九州大学に米空軍の偵察機ファントムが墜落し、ロバート・ケネディが暗殺された。国内では、三里塚、東大、日大闘争。国際反戦デーの新宿は戦場だった。

ところが、翌六九年から、大衆の政治行動の潮が引いて行く。

大菩薩峠での赤軍派の逮捕（六九年）や、よど号ハイジャック（七〇年）。学生運動が過激化したから、日本の反体制運動が大衆的基盤を失ったという人もいる。
が、それでは原因と結果が逆だ。戦争景気で潤うなか、大衆が戦争に抗議する学生たちを孤立させたのだ。

一九五〇年代の三種の神器（冷蔵庫、洗濯機、白黒テレビ）に代わって、ベトナム特需のなか、3C（カー、クーラー、カラーテレビ）が爆発的に売れた。

家電メーカー東芝のボーナスを奪った三億円事件が起こったのが、六八年暮れというのも象徴的だ。六九年に日本はGNP世界第二位に躍り出て、七〇年には土地成金が長者番付の上位に並ぶようになった。

四半世紀前、「鬼畜米英」の暗いナショナリズムを謳って焦土と化した日本が、経済的一等国になって自信を回復し、テレビは「明るーいナショナル」を謳いはじめた。

日本人がエコノミック・アニマルに変貌した時代、個人による政治的犯罪が続発する。

六八年二月、在日韓国人金嬉老は、借金のもつれから暴力団員二人を射殺し人質を取って立てこもった。その十月、敗戦の年の五月に空襲で消失した皇居の新宮殿が落成した。数千億円といわれるベトナム特需があったればこそ、日本国はあの豪華な新宮殿を建てることができた。

翌年の一月二日、帰還兵奥崎謙三は、その皇居長和殿のバルコニーに現れた昭和天皇に向けてニューギニアで戦死した戦友に代わってパチンコ玉を撃ち、「ヤマザキ、天皇を撃て」と叫ぶ。

その年の四月、東北の寒村に育った永山則夫が連続ピストル射殺事件を起こして逮捕される。

十一月、佐藤・ニクソン会談によって沖縄返還が合意に達し、翌七〇年六月、日米安保がすんなり延長された。七月、沖縄に進駐した日本軍と米軍にさんざんな目にあった富村順一が、東京タワーの展望台でアメリカ人宣教師に包丁を突きつけ、「日本人よ。沖縄のことに口を出すな。アメリカは沖縄から出ていけ」と叫んで逮捕された。

街路から我が家に戻った日本の大衆がコント55号の「裏番組をぶっ飛ばせ」に見入っている中、辺境に追いやられたマイノリティーの犯罪が過激化したのだ。

田中角栄の「日本列島改造論」が出た七二年には、戦後第二のベビー・ブームが来た。その一方で、日本中で公害問題が発生し、子供の引きこもり登校拒否が始まっている。

政治の季節の終焉は、何かの始まりでもあった。

CIAのスパイによって第一次ジャテックが崩壊したとき、GNP世界第一位と第二位の巨大な国家を相手に闘うには、厳格な規約を持つ秘密組織を作るべきだという意見も出た。

第二期ジャテックを立ち上げた人々は、人間が作る組織の危険性について考えた。

戦前の非合法組織がどのように壊滅したか。そして連合赤軍のリンチ事件。そこに共通するのは組織を守ることを最優先し、中央の指令に疑いを持つものを裏切り者とし、仲間をスパイだと疑うこと。自他に滅私を要求する組織は指導者を英雄視し、自分たちを無謬だと信じ、他の路線を進む者を「敵を利するから敵だ」と断罪し、やがて組織内部で粛清が始まる……。

指導部のいない、メンバーの名簿もなく規約もない、そのうえ金もないと言う「ナイナイずくし」の活動が始まった。この人から人へと口コミで増殖し拡大する開かれた組織は、「脱走兵通信」を売ることで資金を作りつつ、脱走兵保護活動を公然のものとしていく。

活動以外の人生の楽しみを捨てたくない普通の人々が、戦争で殺されるのが怖い兵隊を匿うという活動が始まった。あの日々脱走兵を預かった人々は、僕を含め、小田実や鶴見俊輔の著書などろくに読んでもいない連中だった。

中央からの指令はなく、それぞれの町でそれぞれの闘いが始まった。

岩国では反戦喫茶「ホビット」が作られ、基地の滑走路でたこ揚げ大会を楽しんで空軍機のベトナムへの出撃を止めた。三沢基地の傍には反戦スナック「ＯＷＬ」ができ、相模原では「ただの市民が戦車を止める会」が発足した。

最新鋭の兵器と訓練を受けた五十万の正規軍に対して、貧しいベトナム民族解放戦線のゲリラたちの工夫から、僕たちはたくさんのことを学んだ。

その一方で、アメリカに「金儲けをすることは恥ずかしいことではない」ことを学び、唯心論から唯物論に転向した日本人は土地と株に狂奔し、自分の人生さえも浪費しだした。

それは僕の個人史でいえば、黒テントを作りトラックで全国を巡演していた時期だから、数人の脱走兵を数回預かることが精いっぱいで、どうやって彼らを食べさせられたのか不思議でならない。

言い出した奴がやる、疲れたら休む、楽しくやる、人を責めない、市民生活を続けながらできることをやる。あのジャテックのスタイルは現在、各種のボランティア団体に受け継がれている。右も左も、いずれの政党もいまだ組織に頼っている中で、「勝手連」が成功しているのは、新しい形の政治参加の道筋を見つけたためだ。

七一年十二月十一日、僕は横須賀市民会館で、五百人の黒人兵たちに囲まれて、ジェーン・フォンダとドン・サザーランドたちのFTAショーを楽しんでいた。

ベトナム戦争に反対することから始まったベ平連は、脱走兵を受け入れることで、「ヤンキー、ゴー、ホーム」から「GI、ジョイン、アス」へと成長した。

脱走兵を助けたのではなく、脱走兵に学んだのだ。

だが五年前、ホーチミン市の近くの解放戦線の掘ったトンネルに入ってみて、こんな狭く真っ暗な中に三十分でも自分は我慢できないと思った。そう。僕たちは三十年前、ベトナム人民と連帯なんかしていなかった……。

今回の公演では、脱走兵たちの三十年前を演じるために、アメリカから若い俳優を二人呼んだ。一九四九年生まれのフィリップ・ロウも、もう五十一歳。来日した彼に、現在の日本と、紀伊國屋ホールの舞台の中の三十年前の日本人と脱走兵は、どう見えるだろうか。

（雑誌『世界』二〇〇一年七月号より転載）

お隣りの脱走兵

2001年6月25日　第1刷発行

定　価　本体1500円＋税

著　者　斎藤憐

発行者　宮永捷

発行所　有限会社而立書房
東京都千代田区猿楽町2丁目4番2号
電話 03（3291）5589／FAX 03（3292）8782
振替 00190－7－174567

印　刷　有限会社科学図書

製　本　大口製本印刷株式会社

落丁・乱丁本はおとりかえいたします。

ISBN 4－88059－279－X C0074
装幀・神田昇和／カバーイラスト・花岡道子